KB270930

아흔아홉

아흔아홉

 소설을 읽는 신선하고 즐거운 재미
작가정신의 소설락小說樂 **시리즈**

한국 문학계에 새로운 장을 마련해온 '소설향'을 잇는 새로운 한국 소설 시리즈이다. 중견 작가의 웅숭깊은 신작에서 신진 작가의 재기발랄한 달작迄作까지 아우르는 다양한 작품들로 영상 매체의 화려하고 극적인 서사를 뛰어넘는 매혹적인 이야기의 힘과 진한 감동이 담겨 있으며 독자들에게는 '소설 읽는 즐거움'을, 한국 문단에는 '신선한 재미'를 선사한다.

초판 1쇄 발행일 2012년 06월 20일

지은이 김도연 | **펴낸이** 박진숙 | **펴낸곳** 작가정신

책임편집 김종숙 | **편집** 박송이 | **디자인** 정인호

홍보마케팅 김영란 백정민 | **관리** 이재훈 최미경

인쇄 한영문화사

주소 413-782 경기도 파주시 문발동 파주출판도시 509-2 2층

전화 02 335 2854 | **팩스** 031 944 2858 | **이메일** editor@jakka.co.kr

홈페이지 www.jakka.co.kr | **출판등록** 1987년 11월 14일 제1-537호

© 김도연. 2012

ISBN 978-89-7288-417-0 04810

　　　978-89-7288-415-6 (세트)

아흔아홉

김도연 소설

작가정신

어느 해 겨울, 한 다리 건너 아는 사람이 대관령 터널 속에 차를 세워놓고 사라졌다. 그는 몇 년이 지나도록 나타나지 않았다. 나는 늘 그의 안부가 궁금했었다. 이 소설은 그의 발자국을 쫓아가다가 조금 길을 바꿔 쓴 소설이다. 대관령에서 길을 잃었던 이 소설 속의 세 사람이 부디 행복했으면 좋겠다.

김도연

강원도 평창군 대관령에서 태어나 강원대학교 불어불문학과를 졸업했다. 강원일보와 경인일보 신춘문예, 그리고 2000년 제1회 중앙신인문학상에 소설이 당선되어 등단했다. 소설집 『0시의 부에노스아이레스』『십오야월』『이별전후사의 재인식』, 장편소설 『소와 함께 여행하는 법』『삼십 년 뒤에 쓰는 반성문』, 산문집 『눈 이야기』『자연은 밥상이다』『영嶺』 등이 있으며, 제3회 허균문학작가상을 수상했다.

대관령 이야기를 언젠가 꼭 한 번 써보고 싶었다.

누구에게나 고개 하나쯤은 있을 것이다. 내게 있어 그 고개가 바로 대관령이다. 대관령을 넘어가는 사람들. 대관령을 넘어오는 사람들. 어린 시절 신작로 옆에 서서 바라보는 그들은 신비 그 자체였다. 그러다가 강원여객 완행버스를 타고 처음으로 대관령을 넘었을 때의 충격을 나는 아직도 잊지 않고 있다. 흙먼지가 날리는 아흔아홉 굽이 대관령을 모두 내려가는 동안 거의 넋을 잃을 정도였으니까. 강릉 차부에 내린 내 얼굴은 폐병환자처럼 노랗게 변해 있었다. 더군다나 손에는 아직 미지근한 온기가 남아 있는 토사물이 담긴 검은 비닐봉지까지 들려 있었으니. 대관령을 넘으면서 나는 셀 수도 없이 구도를 한 것이나. 마치 하룻밤에 아홉 번 강을 건넌 것과 다르지 않았다.

평창의 산골짜기에 사는 나에게 대관령은 바다로 가는 길이었다. 가장 가까운 도시인 강릉으로 가는 길이었다. 그렇게 시작된 대관령행은 세월이 흐르면서 조금씩 변해가기 시작했다. 길도 사람도. 흙먼지가 날리던 길은 포장이 되었고 또 어느 해엔 고속도로로 모습을 바꿨다. 그것도 모자라 아예 일곱 개의 터널을 뚫고 웬만한 산보다 높은 다리를 놓아 새 길을 만들었다. 덕분에 옛길은 아주 오랜만에 멧돼지 고라니 오소리 너구리 산토끼 들을 불러들일 수 있었다. 대관령을 넘는 사람들도 마찬가지다. 이젠 아무도 대관령을 넘으면서 멀미를 하지 않는다. 떠나온 강릉 땅을 뒤돌아보지도 않는다. 생각에 잠길 겨를도 없다. 새로 뚫린 길을 이용해 그저 휙휙 내달릴 뿐이다. 아주 가끔 비와 안개, 그리고 강풍, 한겨울의 폭설이 찾아오기는 한다. 그런 고립의 시간 속에 갇혀서야 사람들은 비로소 잊고 있던 무엇을 떠올리며 탄식을 내뱉는다. 아, 여기가 대관령이지……. 그러나 고립의 시간이 풀리면 아무렇지 않게 가속페달을 밟아 대관령을 떠나곤 한다. 폭설과 강풍, 폭우, 지독한 안개를 뒤로 한 채.

어느 해 겨울, 한 다리 건너 아는 사람이 대관령 터널 속에 차를 세워놓고 사라졌다. 그는 몇 년이 지나도록 나타나지 않았다. 나는 늘 그의 안부가 궁금했다. 이 소설은 그의 발자국을 쫓아가다가 조금 길을 바꿔 쓴 소설이다. 연작 형식으로 문예지에 발표했던 것을 한데 묶었다.

대관령에서 길을 잃었던 이 소설 속의 세 사람이 부디 행복했으면 좋겠다.

아흔아홉.

잠이 오지 않는 밤이면 나는 검은 허공을 향해 중얼거린다. 아흔아홉… 아흔아홉…… 아흔아홉…….

백에서 하나가 모자르는 아흔아홉.

그 길에서 쳇바퀴를 굴리며 걸어나오는 사람들을 바라본다.

아흔아홉이라는 사랑.

아흔아홉이라는 미망.

아흔아홉이라는 희망.

아흔아홉이라는 변명.

아흔아홉이라는…… 쓸쓸함.

김도연

차례

1

맙소사!

그는 청심대清心臺로 올라가는 입구에 차를 세우고 한동안 입만 벌린 채 주변을 둘러보았다. 국도는 온통 파헤쳐져 있었다. 도로 확장 공사가 진행되는 중이었다. 청심대 입구가 워낙에 굽이가 심한 길이어서 교통사고의 위험이 늘 도사리고 있었지만 그래도 이건 아니었다. 더욱이 길 양편에 대각선으로 자리하고 있던 집 두 채는 아예 사라지고 없었다. 청심대 가까이 있던 집은 작은 구멍가게였던 터라 그도 몇 번 들어가본 적이 있었다. 길을 넓히느라 집을 헐고 건너편 돌산을 깎아낸 풍경은 한마디로 삭막했다. 그는 서둘러 청심대로 올라가는 나무 계단을 밟았다. 늦가을 서늘한 비가 추적추적 내리는 오후였다.

초등학교에 들어가기 전 매년 겨울이면 그는 어머니와 함께 외가에 가기 위해 진부에서 삼십여 리 길을 걸었는데 그 길의 끝자락쯤에 청심대가 자리하고 있었다. 손과 발이 몹시 시린 길이어서 수시로 사타구니에 두 손을 번갈아 넣고 녹이면서 가야만 했다. 길의 왼편은 꽝꽝 얼어붙은 오대천이었고 오른편은 고드름이 줄줄이 매달려 있는 바위 절벽이었다. 괜히 따라나섰다는 후회가 들 때쯤이면 이미 이러지도 저러지도 못하는 지점이었다. 정말이지 내년부턴 절대 따라나서지 않겠다고 다짐하곤 했지만 지킨 적은 없었다. 외갓집 제사 때가 되면 어머니가 내미는 당근에 눈이 홀린 탓이었다. 아마 어머니도 그 춥고 바람 드센 길을 혼자 걷기 싫었을 것이다. 그는 갖고 싶었던 무엇인가를 조르고 조르다 그즈음에 손에 넣었을 것이고.

다행히 청심대의 정자는 무사했다. 주변의 소나무들도. 그는 빗방울이 뭉쳐서 떨어지는 소나무 아래에 서서 주변을 둘러보았다. 오대천은 바짝 여윈 뱀처럼 흘러내려왔다. 그런데 왠지 청심대는 예전과 달리 마치 산속의 섬처럼 떠 있는 것 같았다. 그는 절벽 쪽으로 한 걸음 더 다가갔다. 사십여 년 전의 그때처럼 오금 근처가 저려왔다.

어두운 박물관은 인파로 북적거렸다. 너무 많은 사람들이 숨을 뱉어내고 있어서 갑갑했다. 전날 마신 술기운까지 겹쳐 갑자기 멀미를 할지도 모른다는 불안을 느낀 그는 유사시를 대비해 화장실 위치까지 알아두어야만 했다. 이마와 목엔 땀방울이 촘촘하게 잡혀 있었다. 왜 뜬금없이 박물관 안으로 들어온 것인지 스스로도 납득이 가지 않았다. 그는 심호흡으로 속을 다스리며 관람객들의 뒤를 따라갔다. 호랑이 그림 앞에 선 한 사내는 마치 수사관인 듯 커다란 돋보기로 호랑이의 털을 한 올

한 올 들여다보고 있었다. 어떤 사람은 훈장에게 회초리를 맞고 우는 아이가 그려진 그림을 보고 웃었다. 장터에서 씨름을 하는 사내들. 엿을 파는 아이. 학생 시절 미술 교과서에서나 볼 수 있었던 그림들이 원화 그대로 벽에 걸려 있었지만 그는 속이 미식거리는 통에 도무지 집중을 할 수 없었다. 정말이지 사람들이 일제히 내뿜는 더운 숨 때문에 견디기 힘들었다. Y와 같이 오지 않은 게 천만다행이었다. 그녀는 아마 당장 뛰쳐나갈 것이다. 그는 결국 줄지어 이동하는 관람객들을 추월하기 시작했다. 만약 아내와 같이 왔더라면? 그러나 예상 답변을 생각해보지도 못하고 그는 화장실로 달려갔다. 시큼한 냄새가 최루탄처럼 이내 화장실에 차올랐다.

화장실에서 나와 넋이 나간 사람처럼 전시실을 걷던 그는 걸음을 멈췄다. 다른 관람객들은 그냥 지나쳐버리는 작은 그림 앞에서. 그것은 이백여 년 전 화가가 임금의 명을 받고 강원도 일대를 여행하며 그린 그림 중의 한 점이었다. 그의 가슴은 곧바로 두근거리기 시작했다. 그림의 제목은 〈청심대〉였다. '청심'이라 불리던 기생이 강릉 부사였던 사내를 송별하고 절벽 아래로 몸을 던져 생을 마감했다 해서 이름 붙여진 청심대. 오대천이 돌아가는 바위절벽 위에 눈사람의 머리처럼 높다란 괴석 하나가 서 있고 그 둘레에서 의미심장한 자세로 자라는 소나무 다섯 그루. 소나무 아래엔 갓을 쓴 사내 둘이 앉아 손을 뻗어 술잔을 부딪치려 한다. 오른편 아래의 좁은 옛길에는 나귀나 말, 아니면 노새를 끌고 가는 한 사람이 보인다. 또 한 장의 그림은 청심대 뒤편 풍경을 그렸는데 거기엔 길을 사이에 두고 작고 허름한 집 두 채가 대각선으로 마주 보고 있다. 그는 아무도 관심을 주지 않는 그림 앞으로 두 걸음 더 다가섰다. 이백여 년 전과 지금이 거의 다르지 않았다. 집의 위치와 모양새, 그리고 에스 자로 구부러진 길의 위치도. Y와 같이 오지 않은 게 후회막급이었다. 무덤덤한 아내도 어쩌면 이 그림 앞에선 탄성을 뱉어낼 것 같았다. 임금에게 보여주기 위한 그림인지라 화가가 거의 진경 기법으로 산수를 그렸기 때문에 마치 오래된 사진을 보는 기분이었다. 그는 그림 위에 이백여 년 전에 주막이었던 집이 구멍가게로 변해 있는 지금을 겹쳐놓고 오래 들여다보았다.

아내는 정물화를 닮았다.

Y는 자꾸만 그림 밖으로 달아나는 습성이 있다.

나는 두 여자 사이에 있는 고개를 넘는다.

안개와 바람, 그리고 폭설과 폭우가 고개의 주인이다.

그는 오대산 입구 국립공원매표소 공용화장실 앞에 차를 주차했다. 건너편에는 디귿 자로 지어진 낡은 상가가 있는데 영업을 하는 집은 두 곳뿐이다. 처음 문을 열었을 때는 상가 이층이 나이트클럽이었다. 그가 고등학교를 막 졸업할 무렵이었다. 오토바이 한 대에 세 명씩 타고 찾아오곤 했던 나이트클럽이었다. 맥주를 마실 돈이 부족했던지라 아래층 구멍가게에서 소주를 병째 들이켠 뒤에야 올라가 밴드의 연주에 맞춰 춤을 추고 노래를 부를 수 있었다. 그는 굵어지지도 가늘어지지도 않는 비를 맞으며 이층 유리창에 아직도 붙어 있는 조잡한 그림을 올려다보았다. 셀로판지에는 볼륨이 좋은 여자가 마이크를 잡은 채 노래하는 모습과 엉덩이를 흔들며 춤을 추는 그림이 그려져 있었다. 그러나 그는 오대산나이트에서 한 번도 그런 여자를 본 적이 없었다. 우연의 일치인지는 몰라도 그들이 나이트에 들어갔을 때 손님은 오로지 그들뿐이었다. 나올 때까지. 나이트는 그해를 못 넘기고 문을 닫았던 듯싶다.

"어릴 적에 저 아랫동네에서 살았는데 문화재관람료를 내야 됩니까?"

"그래도 내셔야 됩니다."

"……저분들은 왜 그냥 들어가는 겁니까?"

"월정사 신도니까요."

"……제가 지금까지 월정사를 대략 백 번은 드나들었는데, 그래도 요금을 내야 됩니까?"

"내셔야 됩니다."

가을비에 젖은 컴컴한 전나무 숲으로 들어가면서 그는 매표소를 돌아보았다. 그동안 월정사를 드나든 게 백여 번이었다면 매표소 직원과 말싸움을 하고 발길을 돌린 건 이백여 번은 될 것 같았다. 일주문을 통과하면서부터 본격적으로 전나무 숲이 펼쳐졌다. 숲은 아홉 그루의 전나무에서 시작되었다고 안내판에 적혀 있었다. 수령 오백 년이 넘은 아홉 수樹. 한때 그는 마음이 끝도 알수 없는 저 밑바닥으로 가라앉기 시작하면 전나무 숲으로 들어가 아홉 수를 찾아 헤매곤 했다. 눈이 허리까지 차올랐던 한겨울. 아름드리 나무에 줄줄이 매달린 연등이 숲을 비춰주었던 초파일. 오색 단풍이 환영처럼 전나무 숲으로 들어오는 짧은 가을에도 그는 변함없이 아홉 수를 찾아 숲을 서성거렸다. 그러나…… 거기까지였다. 세 그루의 숨은 어미목을 결국 찾지 못하고 그는 숲을 떠나야만 했다. 고개를 넘어 두 여자 사이를 오가느라 나무들을 조금씩 잊고 있었다.

그는 다시 걸음을 멈췄다. 이백여 년 전의 화가는 오대산을 방문했던 것이다. 그는 그 길을 간단하게 떠올릴 수 있었다. 청심대를 지나 오대천을 거슬러 오르면 진부였다. 진부에서 다시 동쪽으로 삼십여 리를 가면 바로 오대산이었다. 화가의 첫 그림은 월정사 전나무 숲이었다. 부감법俯瞰法이라 했던가. 화가의 시선은 숲 위에서 전나무 숲을 차분히 내려다보고 있었다. 마치 사진을 찍듯이. 그 그림 속에 그가 찾던 아홉 수가, 끝내 찾을 수 없었던 세 그루의 전나무가 고스란히 자리하고 있었다. 그는 마치 그림 밖의 나무가 된 것처럼 그 아홉 수 앞에 서 꼼짝하지 않았다. 관람객들은 그런 그를 이상하게 여기며 흘깃거렸다. 사실 화가의 익히 알려진 다른 그림에 비해 그가 바라보고 있는 그림은 상대적으로 관심을 끌지 못하기 때문이었다. 그러니까 다른 관람객들은 그가 바라보는 전나무 숲에 대한 어떤 애틋한 기억이 없는 탓이기도 했다. 그로 말할 것 같으면 아홉 그루의 전나무 아래에 봄 여름 가을이면 어떤 꽃이 피고 지는지 알고 있었다. 아내와 그 꽃들을 보았던 시간, 그리고 Y와 두 팔을 벌려 나무의 둘레를 재어보았던 시간이 함께 있었다. 그래서 그는 고통스러웠다. 차라리 그가 평생을 한자리에 서서 자라는 나무였으면 좋겠다는 생각도 했다. 아내가 찾아오고 Y가 찾아오고…… 그렇게 두 사람이 번갈아 찾아와 그의 정강이를 걷어차 주었으면 싶었다. 멍이 시퍼렇게 들도록. 아내와 Y 사이를 몽유병자처럼 오가는 그의 노래를 자신도 설명할 길이 없었다. 그러했기에 그는 고통스러웠고 더불어 고독했다. 그는 아픈 허리를 주무르며 주변을 두리번거렸다. 박물관의 전시실에는 당연히 의자가 없었다. 결국 그는 바닥에 털썩 주저앉았다. 전시실에는 화가가 이백여 년 전에 그린 전나무 숲을 시작으로 월정사, 오대산 사고史庫, 상원사, 중대와 적멸보궁 들이 차례로 전시돼 있었다. 월정사의 팔각구층석탑은 예나 지금이나 같은 자리를 지키고 있었다. 사고와 사고를 지키는 절은 위치가 달라졌는데 지금의 텃밭 자리가 옛 절터였다. 오대산 비로봉으로 가는 산중턱에 자리한 적멸보궁도 변함없이 아스라한 위치에서 연꽃의 중심을 지켰다. 주저앉은 대리석 바닥은 차가웠다. 아내와 Y의 어떤 마음처럼. 하지만 그는 일어날 수 없었다. 그런 그에게 화가인 듯한 사내가 물었다.

"저 그림들에 얽힌 무슨 사연이라도 있습니까?"

"……그동안 찾을 수 없었던 나무 몇 그루를 여기서 찾았습니다. 그런데 아무리 들여다봐도 제 마음이 안 보이네요."

"여자 문제는 답이 없어요."

"……여자 문제란 걸 어떻게 아셨어요?"

"그림 앞에서 주저앉는 사람은 거의 그 문제죠."

그는 상투를 풀어 꽁지머리로 만든 듯한 사내의 뒷모습을 한참 바라보았다.

오대산에서 대관령까지는 오십여 리 길이었다. 화가는 아마 오대산에서 나와 월정거리에서 강릉 방향으로 길을 틀었을 것이다. 유목정, 삼홍정, 싸리재를 넘어 차항, 횡계를 지나 대관령에 도착했을 것이다. 그는 영동고속도로 준공기념비가 서 있는 곳에서 변함없이 추적추적 내리는 가을비를 맞았다. 다행히 안개 긴 날씨는 아니었다. 화가가 대관령 정상쯤에서 강릉 쪽을 내려다보며 그림을 그렸을 때의 날씨는 지나칠 정도로 쾌청했던 모양이다. 그림 속, 대관령을 빠져나가는 남대천은 흰 뱀처럼 선명했다. 경포대와 경포호의 정경도 분명했다. 경포 바다의 오리 바위와 십리 바위, 심지어 백사장까지 한눈에 볼 수 있었다. 그러나 이백여 년이 지난 뒤, 대관령 정상에 서 있는 그의 눈에 들어오는 것은 그리 많지 않았다. 안개도 끼지 않았는데 모든 게 어슴푸레할 뿐이었다. 그는 비에 젖은 시멘트 의자에 걸터앉아 가져

온 캔 맥주를 땄다. 저 아래 새로 뚫린 고속도로로 차들이 질주하는 소리가 올라왔다. 산자락을 돌아가는 구 영동고속도로는 보이는 부분보다 안 보이는 데가 더 많았다. 차가 없었던 시절 사람들이 걸어 다녔던 대관령 옛길은 아예 안 보였다. 화가의 대관령 그림 어디에도 길은 찾을 수 없었다. 그는 맥주 두 캔을 비우고 주머니에서 휴대전화를 꺼내 들여다보았지만 화면은 깨끗했다. 고갯마루를 지나가는 바람만이 그의 굽은 등을 텅텅 때리고 있었다.

그는 먼 서쪽에 살고 있는 Y에게 전화를 걸었다.

Y는 전화를 받지 않았다.

그는 동쪽 대관령 아래의 아내에게 전화를 걸었다.

아내도 전화를 받지 않았다.

휴대전화를 주머니에 넣은 그는 젖지 않은 속옷자락에다 닦은 손을 허공으로 내밀었다. 약간 구부린 손바닥을 천천히 아래위로 흔들었다. 금강산으로 떠나는 화가와 작별할 시간이었다. 함께 동행하지 못해 아쉬웠지만 어쩔 수 없었다. 그는…… 그림 속에서 빠져나와 일단은

고개 아래 아내에게로, 그리고 시간을 내서 Y에게로 가
야만 했다. 바람이 다시 그의 젖은 등을 텅텅 때렸다.

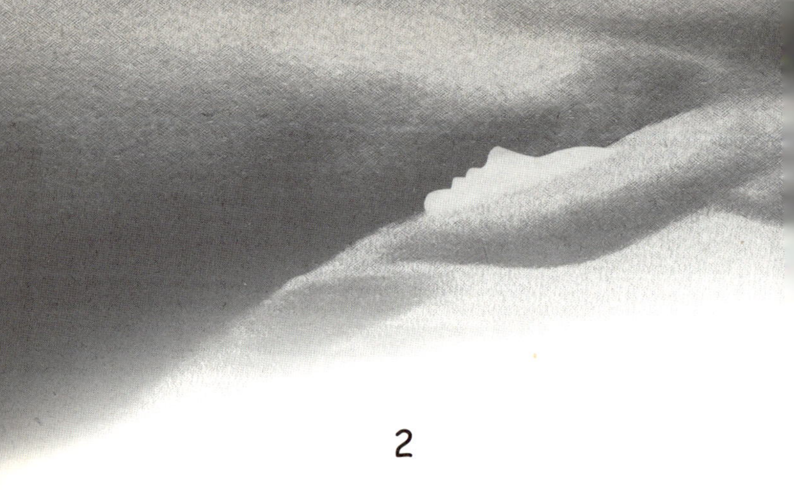

2

경찰서에서 돌아온 그는 집 안 곳곳에 눌어 붙은 듯한 어둠을 털어버리기라도 하듯 오디오의 볼륨을 평소의 네 배로 올렸다. 둥당거리는 경쾌한 드럼 소리와 함께 흑인 가수의 우렁찬 목소리가 터져 나왔다. Come on everybody, clap your hands(자, 모두 함께 박수를 쳐봐요)! 그는 냉장고에서 캔맥주를 꺼내 마시며 4분의 4박자의 리듬이 빠른 노래 〈Let's twist again〉(다시 트위스트를 춰요)에 맞춰 거실에서 장판에 발바닥을 비비며 춤을 췄다. 어쩌면 새로운 인생이 펼쳐질지도 모른다는 과다한 기대와 약간의 불안에 들떠서. 입술에서 흘러내리는 서늘한 맥주가 속옷과 가슴을 적셨지만 개의치 않았다. 며칠째 청소를 하지 않아 더러워질 대로 더러워진 거실의 먼지가 신고 있는 양말을 반들반들하게 만들 때까지 그는 아령체조를 하듯 두 손을 허리 근처로 올리고 좌우로 엉덩이를 흔드는 어색한 트위스트를 멈추지 않았다. 오디오도 같은 곡을 계속 재생했다. Who's that flyin' up there? Is it a bird? No! Is it a Plane? No! Is it the twister? Yeah(저 높은 곳에 있는 사람이 누구지? 새인가? 아니! 비행기? 아니! 트위스트 추는 사람? 맞아)! 그는 목이 쉴 정도로 노래를 따라 불렀다. 폭설을 동반한 어둠이 대관령 골짜기를 모두 덮어버릴 때까지. 땀인지 눈물인지 분간하기 힘든 것을 되우 흘리며. 마치 지난 사흘 동안의 긴장과 피곤이 한꺼번에 흘러나오는 것만 같았다.

조금 있음 대관령이야 기다리지 말고 먼저 자.

그럴게요.

그는 서울에서 강의를 끝내고 밤늦게 집으로 돌아오다가 아내와 마지막으로 주고받은 메시지를 다시 들여다봤다. 대관령의 검은 아스팔트길을 하얗게 덮어버렸던 눈을 떠올리며. 고개만 돌리면 경포대와 동해, 그리고 대관령이 모두 보이는 카페의 한쪽 구석에 앉아 그는 약간 탄내가 나는 커피를 마셨다. 멀리 보이는 대관령은 설산으로 변해 있었다. 그는 주위를 둘러보며 휴대전화와 담배를 번갈아 만지작거렸다. 찻집 밖 휭한 도로에는 세찬 바람만이 어지럽게 눈을 쓸고 다녔는데 꼭 거인의 입에서 뿜어져 나오는 담배 연기 같았다. 밖으로 나갈 엄두가 나지 않았다. 대신 그는 만지작거리던 담배를 과감하게 두 동강 내버렸다. 주간에는 금연이고 야간에는 피워도 된다고 탁자에 붙여놓은 문구를 이해할 수 없었다.

"커피 좀 더 드릴까요?"

카페 주인인 아내의 친구는 맞은편 자리에 앉으며 물어왔다. 그는 고개를 젓고 탁자에 놓인 부러진 담배를 보라는 듯 담배 곽에 다시 넣었다.

"아직도 담배 피우세요?"

"……이걸 대신할 만한 걸 찾지 못했어요."

"담배가 몸에 얼마나 안 좋은데. 냄새도 지독하잖아요."

그녀는 마치 담배 연기를 한 바가지 들이켠 듯 인상을 찡그렸다.

"대체 어떤 놈이 공공장소에서 담배를 피우지 못하게 했을까요?"

"예? 무슨 말씀이세요?"

아내의 친구는 토끼처럼 눈을 동그랗게 뜨고 그를 바라보았다. 더 들을 말이 없다고 판단한 그는 자리에서 일어났다. 생각 같아선 주방 뒤편의 내실 문을 열어봐도 되냐고 묻고 싶었지만 입술을 꾹 깨물었다. 종종걸음으로 문까지 따라 나온 아내의 친구에게 그는 무슨 소식이 있으면 연락을 부탁한다는 말로 인사를 대신했다. 그녀는 고개를 딱 한 번 까딱 움직이더니 계단을 다 내려간 그의 등에 대고 소리쳤다.

"기대는 하지 마세요!"

그는 경포 호수의 물이 바다와 만나는 강문 다리 위에 차를 세우고 담배를 피웠다. 세찬 바람과 파도 때문인지 몰라도 강물과 바닷물은 쉽게 섞이지 못했다. 흰 거품을 토해내며 서로 으르렁거렸다. 바람이 방향을 바꿀 때마다 담배 연기가 나가게 열어놓은 창문으로 이슬 같은 물방울들이 차 안으로 날려왔지만 그는 꿈쩍하지 않고 줄담배를 피웠다. 카페 안에서 강요된 금연에 대한 화풀이라도 하듯. 담배를 피울 수 있는 공간이 점점 줄어든다는 사실은 마치 다른 모든 것으로부터도 어딘가로 슬슬 등을 떠밀리고 있다는 느낌이 들게 만들었다. 경찰서에서도 그런 기분이 들었고 아내 쪽 사람들과의 만남에서도 마찬가지였다. 실실 웃거나 냉담한 표정에서 그는 그 사실을 알 수 있었다. 가운뎃손가락의 탄력으로 날려 보낸 담배꽁초는 그것을 증명이라도 하듯 바람에 쓸려 물보라 속으로 흔적도 없이 사라졌다. 그는 한숨과 함께 차의 시동을 걸었다. 더 찾아갈 곳이 없음에도도 불구하고.

“한동안 코빼기도 안 비치더니 어쩐 일이야?”

“방학.”

"새끼, 꼭 지가 심심하면 나타나요. 이번엔 또 어떤 가스나한테 차였냐?"

"술이나 한잔 마시자."

"술? 아직 해도 안 떨어졌는데?"

바다와 가까운 포남동에서 부동산중개업을 하는 고등학교 동창 P를 옆자리에 태우고 그는 안목항으로 방향을 잡았다. 열기를 잃은 듯한 겨울 해는 대관령 능선에서 한 뼘쯤 위에 떠 있었다. 작은 항구에 도착하기도 전에 노을만 남겨놓을 것 같아 그는 속도를 올렸다. 아내는 안목의 끄트머리에 자리 잡은, 허름한 비닐 포장으로 만든 횟집에서 소주를 마시며 바라보는 대관령의 노을 좋아했다.

"무슨 일 있냐?"

"없어."

"새끼, 니가 무슨 일 없음 날 찾아온 적이 있냐!"

"땅 거간은 잘돼?"

"죽을 맛이다!"

사흘 전 새벽 무렵, 그는 오렌지색 가로등만 둥둥 떠

서 눈발을 비추는 강릉 요금소를 나와 대관령 아래의 어
두침침한 집에 도착했다. 외등조차 꺼져 있었다. 시동을
끈 차 안에서 그는 불 꺼진 집을 바라보았다. 휴게소에
서 잠들지 않았더라면 벌써 도착해 눈 내리는 꿈속을 걷
고 있을 시간이었다. 밤눈은 검은 기와지붕과 마당, 그
리고 집 뒤 대나무 숲을 한 폭의 수묵화로 변신시키고
있었다. 자동차 문을 열고 나가 그 숫눈 위에 발자국을
찍는다는 게 왠지 무서워졌다. 아니, 무섭다기보다는 집
밖을 쏘다니다 온몸에 진흙을 묻히고 돌아와 대문 옆에
서 주춤거리며 망설이는 기분이 들었다. 집에서 누군가
문을 열고 나와 괜찮다고, 어서 들어오라고 반갑게 불러
주기를 기다리는 건지도 몰랐다. 그는 차의 실내등을 켜
고 자신의 차림새를 살폈다. 옷에 코를 대고 킁킁거렸
다. 손을 사타구니에 넣었다가 빼서 냄새를 맡아보았다.
플라스틱 통에 담긴 허브 사탕을 입에 넣고서야 비로소
차에서 내렸다. 눈이 내리는 탓인지 몰라도 집은 평소보
다 훨씬 적막했다. 아내에게 사정을 해서라도 개 한 마
리 키워야겠다는 생각을 하며 열쇠로 현관문의 잠금장

치를 풀었다. 시간은 새벽 세 시를 넘어서고 있었다. 하루 동안 너무 많은 일을 하고 마침내 집으로 돌아온 것 같았다. 자리에 누우면 단 일 분이 흐르기도 전에 잠들 수 있다고 자신했다. 그는 긴 하품과 함께 거실의 불을 켰다. 그리고 이내 정체를 알 수 없는 어떤 냄새에 재채기를 쏟아냈다.

"파도 소리가 굉장하네!"

"전투기 소리야."

바닷바람에 반투명의 비닐 천막이 펄럭거렸다. 이륙을 하는 것인지 착륙을 하는 것인지 알 수 없는 전투기 소음이 주기적으로 귀청을 때렸다. 그는 그 소리를 파도치는 소리로 착각했던 것이다. 삶은 문어와 소주는 입속에 착착 달라붙었다. 간밤에 직접 잡은 거라고 주인이 이미 자랑을 늘어놓은 터였다. 전투기 소리가 다시 찾아오면 그와 P는 대화를 멈추고 술을 마시거나 생각에 잠겼다. 입속의 문어를 우적우적 씹으며. 사실 그는 오랜만에 만난 P에게 그다지 할 말이 없었다. 물론 P도 마찬가지인 듯했다. 전투기 소리는 그 침묵을 이해한다는 듯 콩알만 한 누리를 함석지붕에 쏟아붓듯 한차례 지나갔다.

"……대체 어떤 놈이 음주운전을 못하게 법으로 정한 걸까?"

"왜? 만나고 싶어? 만나면 뭐하려고?"

"이렇게 쫄깃쫄깃한 문어와 소주를 먹이고 집에 어떻게 가나 지켜보려고."

"대리운전 부르겠지."

"그럴까?"

"그러겠지. 설마 너처럼 논길 밭길로 차 끌고 가겠냐!"

"젠장! 근데 너 지난번 그 아가씨랑 어디로 사라진 거야?"

그는 한쪽 턱을 손에 괴고 실실 웃으며 P에게 술을 따랐다.

"뭐? 누구?"

"아, 왜 지난여름 경포대에서 만난 술 취한 여자 말이야."

"새끼! 옛날 애긴 왜 꺼내. 술이나 마셔."

전투기 소리가 이번엔 너울처럼 몰려왔다. 소리만으로도 두 사람을 일시에 쓸어버릴 것처럼. 그와 P는 그틈을 이용해 배를 채우겠다는 듯 다시 문어 다리를 씹었다. 안목항의 끝자락에 자리한 비닐 천막 횟집은 파도 위에 떠 있는 것처럼 흔들거렸다. 밖은 점점 어두워지고 있었다.

그는 아내가 없는 빈집에서 서성거리다가 졸음을 참지 못하고 침대로 쓰러졌다. 온 집 안을 환하게 밝히는 불도 끄지 못한 채. 잠의 끝자락을 비집고 방문한 것들은, 언젠가 갑자기 길 위로 뛰어든 고라니를 자동차로 친 뒤부터 그의 꿈속에 단골로 출연하는 산짐승들이었다. 태운 적도 없는데, 밤의 영동고속도로를 달려 집으로 돌아오는 그의 차에 산짐승들이 가득 타고 있었다. 산짐승들은 너나없이 불평불만을 토로했다. 요즘의 정치, 경제, 교육…… 그리고 윤리에 대해. 특히 로드 킬에 대해선 한목소리로 작금의 무분별한 도로 정책을 성토했다. 그가 화를 낸 것은 시간이 흐를수록 산짐승들에게서 풍기는 냄새와 배설물 때문이었다. 창문을 열어도 빠져나가는 것은 냄새뿐이었다. 시트와 바닥을 배설물로 더럽히는 히치 하이커들에게 고함을 내질렀을 때 그때까지 조수석에서 얌전히 있던 고라니가 입을 열었다.

"아저씨? 아저씨 와이프 사라진 거 알아요?"

"……집사람이 왜 사라져?"

"그건 저도 모르죠."

"근데 네가 그걸 어떻게 알아?"

"대관령이 우리 운동장인데 그걸 모르겠어요."

고라니의 윤기 흐르는 까만 코와 동그란 눈동자는 거짓말을 하는 것 같진 않았다. 그는 고개를 갸웃거리며 대관령 초입에서 아내와 주고받은 문자를 떠올렸다. 차 안에 가득 들어찬 배설물 냄새에 코를 찡그리며 휴대전화의 문자메시지를 고라니에게 보여주었다. 고라니는 그럴 줄 알았다는 듯 건성으로 훑어보곤 딱하다는 표정을 지었다. 뒷자리의 산짐승들이 킬킬거렸다.

"답답하긴! 이 문자를 꼭 집에서 보냈다고 단정할 수 있어요? 휴대전화야말로 주인 몸 따라 함께 움직이는 거잖아요."

그는 고라니에게서 휴대전화를 건네받아 급하게 집으로 전화를 걸었다. 단순하고 오래된 벨소리가 울렸다. 계속해서. 단조롭게. 통화 중이거나 전원이 꺼져 있다는 그 흔한 멘트도 없이 벨소리만 끈덕지게 되풀이되고 있었다. 그는 대관령 아래 골짜기 외딴 집에서 저 홀로 울리고 있을 전화기를 생각했다. 그리고 그를 기다리다가 깊은 잠에 빠져 집 전화와 휴대전화 벨소리도 듣지 못하는 아내도. 그러나 마음속에선 이내 아내의 오랜 불면증이 슬그머니 고개를 치켜들었다. 그는 산짐승들에게 화살을 돌렸다.

"모두 내려!"

바람 불고 눈발이 날리는 대관령 중턱에서 한바탕 소란이 벌어졌다. 내리지 않겠다는 산짐승들과 한동안 실랑이를 해야만 했다. 산짐승들이 모두 내린 차 안은 쓰레기장이나 다름없었다. 그는 서둘러 문을 닫고 운전석에 올라탔다. 차창 밖에서 고라니가 은근한 목소리로 말했다.

"찾다 못 찾으면 연락해요."

한때 아흔아홉 굽이였다는 대관령 길을 그는 거의 날다시피 달려서 내려오다가 잠에서 깼다. 그가 뒤척거렸던 침대는 꿈속의 차 안처럼 어지럽혀져 있었다. 늦은 아침이었다. 그는 침대 위에서 대각선으로 엎드린 채 방 밖의 동정에 귀 기울였다. 아내의 기척은 어디에서도 들려오지 않았다.

"이제 어디로 갈까?"

P의 물음에 그는 대답 없이 입술을 좌우로 한껏 늘여서 잇새에 낀 문어의 살점을 이쑤시개로 빼내느라 인상을 썼다. 횟집 밖은 예상했던 대로 춥고 바닷바람이 사나웠다. 그는 맞바람을 피해 바다를 등진 채 캄캄한 대관령을 바라보았다. 띄엄띄엄 보이는 가로등 불빛이 영동고속도로 대관령 구간임을 알려줬다. 그 너머는 당연히 보이지 않았다. 어금니와 송곳니 사이에 끼인 문어의 살점은 좀처럼 빠져나오지 않았다. 그는 당장이라도 꿈속의 산짐승들이 어둠을 헤치고 대관령에서 우르르 내려올 것 같아서 차 안으로 몸을 숨겼다. P는 추운지 창문도 열지 않고 담배를 피웠다. 그도 담배에 불을 붙이

고 양쪽 창문을 아주 조금만 열어놓았다. 그리고 담배 피우기와 이쑤시개로 잇새를 쑤시는 일을 동시에 할 수 없을까 고민에 잠겼다. 그는 집요하게 이쑤시개를 움직이며 P에게 말했다.

"너는 강릉 바닥에서 땅 장사, 집 장사, 방 장사 다하면서 이럴 때 불러낼 여자도 한 명 없냐?"

"새끼, 내가 무슨 포주냐!"

"누가 포주래. 같이 술 마실 여자가 없냐는 거지."

그는 마침내 이쑤시개를 버리고 담배를 피웠다. 창문을 모두 열었다. 전투기 소리는 더 이상 들려오지 않았다. 생각해보니 대관령에서 안목항까지 한달음에 달려올 수 있는 산짐승은 없을 것 같았다. 그는 별다른 계획도 내놓지 못하고 담배나 피우는 P를 괜히 끌어냈다는, 뒤늦은 후회를 했다. 차라리 당장 집으로 돌아가 잠이나 자는 게 나을 것 같았지만 이미 소주를 한 병이나 마신 이상 더 마시고 대리운전 기사를 부르는 게 훨씬 경제적이라는 결론을 내렸다. 겨울이라 그렇지 시간도 아직 초저녁이나 다름없었기에. 그때 그는 아내의 친구가 운영

하는, 낮에 들렀던 경포대의 카페를 딱 떠올렸다. 그녀가 미혼이라는 사실도. 그는 P의 얼굴을 퉁명스러운 눈으로 바라봤다.

"……왜? 아, 정말이야! 불러낼 여자 없어. 그리고 이 바닥은 좁아서 그런 일 있으면 며칠도 안 돼서 마누라 귀에 들어간다니까!"

"농담이었어. 그럼 내가 분위기 좋은 데서 이차 쏠 테니 삼차는 룸에 가서 네가 쏘는 거다?"

"룸살롱?"

아내의 예고 없는 사라짐에 대한 뒤처리를 그는 삼 일 동안 말없이 수행했다. 할 수 있고, 해야 할 일들, 그리고 당연히 날아오는 의혹의 눈초리도 모두 견뎌냈다. 파출소와 경찰서, 처갓집과 아내의 친구들, 마을 사람들, 하루에 여섯 번 들락거리는 시내버스까지. 하지만 집 안에 남아 있는 아내의 내밀한 기록들에서도 찾을 수 있는 것은 없었다. 스스로 사라진 것인지 아니면 누군가에 의해 납치당한 것인지조차 알 수 없었다. 집 전화와 아내의 휴대전화 통화 내역도 마찬가지였다. 그는 그렇게 하루

치의 발품을 팔고 돌아온 저녁이면 술에 취해 기억 속을 더듬다가 마지막으로 한숨과 함께 맥을 놓곤 했다. 그와 Y의 관계만 오롯하게 남더니 급기야는 모습을 바꿔 머릿속을 바늘로 찌르듯 두통이 엄습했다. 납치당한 게 아니라면 이유는 그것밖에 없었다. 그러나 죄책감도 잠시뿐 울화는 쉽게 가라앉지 않았다. 고작 그것 때문에? 자정이 지난 지 오래였지만 냉장고 문을 열고 새 술병을 꺼내지 않을 수 없었다. 그는 오디오의 볼륨을 한껏 높여놓고 거실 한가운데 주저앉아 등을 잔뜩 구부린 채 술을 마셨다.

"아직 아무 연락이 없어?" Y였다. 서울의 위성도시에 사는 그녀도 취해 있었다. 그는 주위를 두리번거리며 오디오 볼륨을 줄였다.

"아주 가까운 곳에서 나를 지켜보고 있는 것 같아."

"그래? 내가 지금 당신 집으로 갈까? 그럼 나타날지도 모르잖아." Y가 전화기 속에서 깔깔 웃었다. 그는 베란다의 검은 통유리를 돌아보고 웃음을 삼켰다. 그리고 소곤거렸다.

"내려와. 하고 싶어."

"정말?" 나팔꽃처럼 활짝 피어난 Y의 목소리였다.

그는 Y와의 통화를 마치고 운동장처럼 넓은 거실에서 통유리에 비친 자신의 웅크린 모습을 바라보았다. 그 너머는 보이지 않았다. 거실의 불을 끄고 외등을 켰다. 눈 덮인 마당 주변의, 잎 하나 없는 검은 감나무들이 하나둘 모습을 드러냈다. 다시 그 너머. 새로 개통된 영동 고속도로의 거대한 교량의 교각들이 보였다. 그것은 언뜻 보면 그리스나 로마의 고대 신전을 떠받치는 돌기둥과 비슷했다. 어두운 거실에서 술잔을 찾다가 술을 쏟고 나서야 그는 오래전에 Y와 함께 본 러시아 영화 〈노스탤지어〉의 한 장면과 바깥 풍경이 대단히 흡사하다는 걸 발견했다. 다른 점이 있다면 영화 속의 사내는 고향을 떠나와 고향을 그리워하는데 그는 고향에 돌아와 어떤 혼돈 속에 휘말려 허우적거린다는 사실이었다. 그날 그는 거실에 쓰러져 잠들었다가 잠이 깰 무렵 꿈을 꾸었다. 서울에서 강의를 끝내고 Y와 이틀간 놀다가 늦은 밤 집으로 돌아오던 중이었다. 영동고속도로 대관령 구간에서 갑자기 불어 닥친 강풍을 맞고 교량을 이탈한 자동차가 바닥도 없는 곳으로 한없이 추락하는 꿈을. 그 끝이 없는 추락의 어디에서도 아내와 Y의 모습은 보이지 않았다. 죽는다는 것보다 그 고독이 더 슬펐다.

"또 오셨네요."

고양이 같은 눈을 뜬 채 아내의 친구는 예상했던 대로 쌀쌀맞게 그를 훑어보았다.

"오늘 매상 좀 올려드리려고요."

그가 카운터에 있는 아내의 친구에게 메뉴판에서 가장 비싼 술을 주문하고 나서야 그녀의 표정이 풀어졌다. 그는 최대한 침울한 목소리로 아내의 실종을 P에게 얘기하지 않았다고, 그러니 내색하지 말아달라고, 그냥 P와 술 한잔 마시러 왔다고 부탁하자 그녀는 모처럼 밝게 웃으며 고개를 끄떡였다. 그는 바쁘지 않으면 같이 술 한잔 하자고도 청했다.

"뭐, 어렵지 않네요!"

"저 친구, 공인중개산데 알짜배기 부잡니다."

경포대와 경포호는 보이지 않았다. 바다는 모래사장

에서 부서지는 거품만 조금씩 보여줬다. 가끔 밤하늘로 치솟는 폭죽이 딱, 딱, 소리치며 터졌지만 오래가진 못했다. 아주 잠깐 반짝이다가 이내 사라졌다. 아내의 친구는 술과 안주를 내오기 전에 음악부터 끈적끈적한 블루스로 바꿨다. "괜찮은데!" P가 그에게 눈웃음을 치며 아내의 친구를 품평했다. 그는 아내의 친구를 볼 때마다 그녀가 아내와 그의 결혼을 극구 반대했던 사실이 먼저 떠올랐다. 아내의 가족보다도 더 나서서 뜯어말렸던 것을. 다른 건 다 잊어버려도 그 일만은 잊히지 않았다. 이유가 궁금했지만 그는 어느 누구에게도 물어보지 않았다. 술잔이 나온 다음 술이 나오고 안주가 나왔다. 아내의 친구는 당연히 P의 옆에 앉았다. 그는 잠시 들고 있던 옷을 다시 옆자리에 놓았다. P의 옷도 그의 옆자리로 건너왔다. P는 양주 두 잔을 마신 뒤부터 슬슬 자신의 전공인 부동산에 대해, 특히 숨겨놓았던 무용담을 꺼내놓기 시작했다. 그는 아내 친구의 가슴골을 훔쳐보며 아내를 생각했다. 대체 아내는 어떤 메시지를 보내고 있는 것일까. 그는 확 타오르는 입속을 냉수로 간신히 달렸다.

"서울 사람들한테 이 가게 좀 비싸게 넘겨주세요, 예?"

"그건 사장님이랑 제가 어떻게 각본을 짜느냐에 달려 있어요!"

"정말요?"

"그럼요! 근데 사장님, 이 친구 오늘따라 외로워 보이는데 불러낼 친구분 혹시 없습니까? 그러면 제가 한턱 쏘겠습니다!"

두꺼운 유리 너머로 보는 밤의 경포 바다는 너무나도 일상적인, 밋밋한 파도밖에 보여주지 않았다. 그 너머가 바다인지조차 헛갈렸다. 마치 보이지 않는 아내의 침묵과 맞닥뜨린 것만 같았다. 그는 억지로 심호흡을 하며 독한 술을 조금씩 목구멍으로 넘겼다. 아내가 선택한 방법, 난수표 같은 아내의 메시지를 해독해보려고 돌아다닌 지난 사흘 동안의 여정을 복기하듯 다시 떠올렸다. 검은 바다 위에 몽롱한 시선을 올려놓고. 어둠이 깔린 바다의 끝자락에선 키 작은 메밀꽃만 하얗게 피어나고 부서졌다. 밤하늘로 솟구쳤다가 쓸쓸하게 가라앉는 불

꽃을 보며 그는 입술을 지그시 깨물었다. 얼굴 없는 아내의 침묵이 꽤 오래 지속될 거라는 깨달음이 턱을 괴고 있던 손의 힘을 일시에 풀리게 만들었다. 그의 턱은 힘들게 들고 있던 손에서 놓인 호박돌처럼 탁자로 떨어졌다. 탁자 너머에서 깔깔거리며 놀던 아내의 친구와 P의 눈이 동그랗게 변했다. 그는 아무렇지 않다는 듯 손을 저으며 마요네즈가 묻은 턱을 휴지로 닦았다. 얼굴 없는 아내의 침묵은 그동안 아내를 대했던 그의 오랜 침묵, 바로 그것과 똑같았다.

"미안. 폭죽 터지는 거 구경하다가 그만." 그는 쓰러진 잔을 세우고 새 술을 따랐다.

"내 친구, 취한 사람 싫어하는데. 조금만 마셔요." 아내의 친구는 조금 있으면 도착할 자신의 친구를 걱정하며 그의 얼굴을 살폈다.

"정말 궁금한 게 있습니다."

"뭔데요?" 귀를 올리고 눈을 동그랗게 뜬 아내의 친구는 백치처럼 보였다.

"왜 우리 결혼을 반대했어요?"

휴대전화와 집 전화는 이어달리기를 하듯 번갈아 울리며 꿈과 잠을 깨웠다. 그는 온갖 쓰레기들과 폐유가 떠다니는 어항漁港 같은 거실 한가운데서 결국 전화를 받았다. 백 미터 육상경기의 출발선을 방금 떠난 듯한 말들이 앞다퉈 튀어나왔다. 그들은 약속이나 한 것처럼 비슷한 내용으로 그를 질타했다. 그 일련의 소리를 그는 눕거나 엎드려서, 빈 병처럼 물 위에 둥둥 뜬 자세로 받았다. 어서 빨리 자리에서 일어나 가볼 만한 곳을 다 가 보라는 얘기였다. 그는 고개를 끄덕이다가 앵앵거리는 전화기를 바닥에 던져놓고 잠에서 깨어나기 직전에 꾸었던 꿈을 떠올렸다. 평소의 그와는 전혀 다른 그가 복잡한 강릉 시외버스터미널 대합실에서 서성거리고 있었다. 아내의 사진을 확대해 목에 걸고서. 그는 뒤늦게 도착한 부끄러움에 어찌할 바를 몰랐다. 터미널에서 아는 사람을 만난 건 아닌지, 아무리 꿈을 뒤적거려도 잘 떠오르지 않았다. 대신 대관령의 산과 산을 건너가는 다리 위에서 추락했던 그전의 꿈만 오롯이 펼쳐졌다. 고라니의 말도 떠올랐다. 그는 어쩔 수 없다는 듯 운동복에

스키파카를 걸치고 뒤집혀 찌그러진 차 안에서 빠져나 가듯 어기적어기적 집 밖으로 나왔다.

햇살이 사방에서 찬란했다. 그는 현관 앞에 서서 밤새 내린 눈을 실눈을 뜬 채 바라보았다. 눈길이 머무르는 곳이면 어김없이 터진 바늘쌈에서 쏟아진 알바늘 같은 햇살이 몰려들었다. 그는 눈꺼풀 너머의 햇살을 받아들 이기 위해 잠시 눈을 감았다. 갑자기 피어난 듯한 새소 리를 들으면서 맹인처럼 눈길을 더듬어 마당에 세워놓 은 차로 다가갔다. 방탄유리 같은 선글라스를 꺼내 쓰고 서야 비로소 허리를 펴고 담배를 물었다. 그리고 집 주 변을 둘러보았다.

예상했던 대로 눈 위에 발자국이 찍혀 있었다. 발자국 은 그와 아내의 침실 창문 아래에서 오래 생각에 잠겨 있었던 듯싶었다. 이가 빠진 흰 국화 몇 송이를 닮은 발 자국. 그는 그 옆에 쪼그리고 앉아 뜬금없이 아주 가벼 운 영혼의 무게를 생각했다. 깊은 밤, 폭설에도 빠지지 않는 고요한 마음은 어떤 것일까 헤아려보았지만 이내 고개를 휘저었다. 타버린 담뱃재가 허리를 꺾고 그 위에 떨어졌다.

"그래도 궁금하긴 했던 모양이지……."

창문 아래의 발자국은 집 뒤 묵밭으로 마치 물 위를 걷듯 가볍게 종종걸음을 하고 있었다. 그는 그 옆에다 깊고 거친 발자국을 찍으며 따라 걸었다. 숨을 헉헉거리며. 발목을 덮은 눈은 신발 속으로 비집고 들어와 양말도 신지 않은 발을 아리게 만들었다. 하지만 그는 발자국을 쫓아가는 걸음을 멈추지 않았다. 그 정도의 메시지로는 시시때때로 걸려오는 전화는 물론이고 마음속에서 얽힌 주낙을 풀어줄 어떤 실마리도 될 수 없었다.

뭐? 창문 아래에 새 발자국이 찍혀 있다고!

그는 묵밭 한가운데서 길을 잃은 아이의 표정을 지었다. 눈 위의 발자국은 거기까지가 끝이었다. 혹시나 해서 선글라스를 벗고 사방을 둘러봐도 마찬가지였다. 한때 세상을 어수선하게 했던 들림의 현장에 와 있는 기분이었다. 구름 한 점 없는 겨울 하늘을 두리번거리며 발자국을 찾던 그는 다시 간밤의 풍경과 마주쳤다. 골짜기 끝 눈에 덮인 지붕 낮은 그의 집, 그리고 그 너머 대관령의 산과 산을 무지막지하게 건너가는, 어찌 보면 신전의 기둥 같은 거대한 다리의 교각들을. 그리고 시린 발가락을 꼼지락거리며 눈밭에 서 있는 그의 모습. 허공으로 날아간 새는 그 어디에도 보이지 않았다.

"어렸을 땐 대관령만 넘어가면 굉장한 게 있는 줄 알았다니까요!"

"맞아요. 서울로 가출했다가 돌아온 친구들이 은근히 부러웠어요. 안 듣는 척했지만 걔들이 꺼내놓는 서울 얘기에 괜히 가슴이 콩닥콩닥 뛰었거든요."

"여학생들도 가출을 했어요?"

"그럼요! 우리도 당연히 집과 학교가 답답하고 바깥 세상이 궁금했죠."

P는 양주를 세 병째 시켰고 아내의 친구는 영업이 끝났다는 팻말을 출입문에 걸어놓은 뒤였다. 뒤늦게 주문진에서 온 아내 친구의 친구인 J는 능숙하게 폭탄주를 만들어 돌렸다. 아내의 친구는 J가 아내와 서로 모르는 사이라고, 화장실에서 돌아오는 그에게 귀띔해줬다. 남편이 배를 타다 죽었다는 것도. 하지만 그와 아내의 결

혼을 반대한 까닭은 말해주지 않았다. 그는 고맙다는 표정을 지으며 고개를 끄덕였다. 낮과 밤이, 취하기 전과 취한 후가 달라서 흐뭇한 겨울밤이었다. 경포 해변에서는 잊을 만하면 폭죽이 딱, 딱, 터졌다.

"가출은 제가 좀 해봤죠. 얘는 샌님이라 책상만 지켰지만."

"어머, 그래요?"

아내 친구의 어깨에 얹어놓고 있던 P의 손이 은근슬쩍 허벅지로 내려갔다. 아내의 친구는 그 손 위에 자신의 손을 포개놓았다. 말이 별로 없는 J는 두 사람 앞으로 폭탄주를 배달했다. 그는 J의 귀에 대고 작은 소리로 말했다. "우리 언제 보지 않았어요?" J는 그의 얼굴을 한참 바라보더니 고개를 저었다.

"집에서 훔친 돈을 호주머니 깊이 감춘 채 직행버스를 타고 대관령을 넘어가는데, 아, 이게 장난이 아닌 거예요!" P의 손은 아내 친구의 허벅지 사이로 들어가 있었다.

"왜요?" 아내의 친구는 손수건보다 턱없이 작은 자신

의 손으로 그 위를 덮었다.

"길은 말 그대로 구불구불하죠. 게다가 비포장이죠. 열어놓은 창문으로 흙먼지는 풀풀 들어오죠. 거기다가 결정적으로 속은 울렁거리죠!"

P의 가출 얘기는 들을 때마다 내용이 조금씩 달라졌다. 그는 J의 귀에 대고 다시 작은 소리로 물었다. "저는 땍을 본 것 같아요." "어디서요?" "그게 잘 생각이 안 나고 가물가물한다니까요." 그는 거짓말을 했다. "그럼 술이나 마셔요!" 인상을 찡그리는 J에게 그는 건배를 제의했다.

"결국 차멀미를 세 번 하고 녹다운! 토사물이 물컹거리는 검은 비닐봉지를 들고 내린 곳이 고작 고개 너머 진부였죠."

"정말 진부한 가출이었네! 그래서 어떻게 됐어요?"

"서울로 가려다가 강릉의 천 분의 일 크기인 오대산 월정사에서 사흘을 지냈어요. 나흘째 되던 날 돌아오려고 진부 차부를 서성거리다 그만 양아치들한테 걸려 돈을 다 빼앗겼죠. 그래서 제가 아직도 진부 놈들을 싫어

한다니까요."

"그때 이놈이 우리들에겐 서울 갔다 왔다고 사기를 쳤어요."

"자존심이 상했으니까."

"신기한 건 서울 명소들에 대해 마치 직접 갔다 온 것처럼 술술 풀어놓았죠."

"공부 좀 했지! 근데 말이야. 일 년 뒤에 다시 가출해서 진짜로 서울에 가보니까 상상했던 것보다 영 아니더라고."

"말로만 수십 번 섹스를 했으니까 그렇죠." 당돌한 말을 꺼내놓고도 태연한 표정을 짓고 있는 J가 신기한 듯 세 사람은 킬킬거렸다. 그리고 모두 잔을 들어 허공에서 부딪쳤다.

"그럼 오늘 실제로 한번 해볼까요?" P가 아내 친구의 귀에 입을 대고 한 말이지만 모두 들을 수 있었다. 아내의 친구는 배시시 웃으며 고개를 끄덕였다.

"우리도 그럴까요?" 똑같은 자세로 그는 J에게 말했다.

"다 함께 가출해요. 대관령 너머 서울로." J의 표정은 변함없이 태연했다.

"그전에 노래방부터 갑시다!" 아내의 친구가 손뼉을 치며 자리에서 일어났다.

겨울 해는 짧았다. 그는 먹다 남은, 퉁퉁 분 라면을 양변기에 버리고 잠시 들여다보다가 한숨과 함께 물을 내렸다. 그리고 그 옆 세면대 앞에서 평소보다 공들여 양치질을 했다. 치약이 목구멍의 가래와 엉켜 몇 번이나 캑캑거렸다. 심호흡 효과가 있었는지 간신히 구토까지 이어지진 않았다. 기껏 라면으로 끼니를 때우고 양치질하다 곧바로 구더기 떼 같은 라면 조각들을 토하는 것만큼 비참한 일은 없었다. 목구멍에서 뱃속까지 물컹거리고 끈적끈적한 가래가 이어져 있는 것 같았다. 그는 거실로 돌아와 울렁거리는 속을 냉수로 달랬다. 텔레비전에서는 〈동물의 세계〉를 방영하고 있었다. 그는 손이 닿는 곳에 휴대전화와 리모컨을 놓아두고 쿠션에 기댄 채 텔레비전 화면에 시선을 고정시켰다. 개미들의 일상은 흥미를 불러일으키지 못했다. 그는 맹수들의 이야기를 더 선호했다. 손을 뻗어 휴대전화 폴더를 열고 문자메시지가 왔는지 확인하고 최근 통화 기록을 살폈다. 아내에게 전화를 걸었지만 이내 휴대전화 전원이 꺼져 있다는 멘트만 흘러나왔다. 그는 배 위에다 휴대전화를 올려놓고 다시 텔레비전을 들여다보다가 갑자기 '개미와 베짱이'란 우화를 떠올렸다. 어두워진 베란다 유리창에 비친 자신의 모습을 훔쳐보며 그는 고개를 갸웃거렸다.

뭐하고 있어? Y의 문자메시지였다. 아내는 Y 때문에 사라진 걸까……. 답신을 생각하고 보내는 동안 〈동물의 세계〉가 끝나고 〈생방송 강원도가 좋다〉가 이어졌다.

당신 아내는 어떤 사람이었어? Y의 문자메시지에 그냥 말없이 착한 여자였다고 썼다가 그는 모두 지워버렸다. 반쯤 누운 자세로 거실 곳곳을 살피며 생각해 보았지만 마땅한 낱말이나 표현이 떠오르지 않았다. 텔레비전 화면 속에서 찌개가 설설 끓고 있었다. 그는 고개를 저었다. 찌개가 다 끓자 한복을 입은 여자가 숟가락으로 떠서 남자의 입에 애교 있게 넣어주었다. 그는 침만 삼켰다. 백지 같은 휴대전화 화면을 들여다보다가 머리를 긁적거렸다. 그가 머뭇거리고 있자 휴대전화 화면은 이

내 어두워졌다.

당신 아내 독한 사람인 것 같아. 여기 있는 내가 다 무서워진다니까. 오늘은 길을 걷다가 깜짝깜짝 놀라 뒤돌아보곤 했어.

Y는 아내가 자신을 향해 조금씩 다가오고 있다는 두려움을 느끼는 것 같았다. 어쩌면 그렇게 될지도 모른다는 생각이 들자 그는 달아오르는 뒤통수를 손으로 주물러야 했다. 〈6시 내고향〉에선 마침 Y가 거주하는 지역의 재래시장에서 벌어지는 장터 노래자랑을 보여주고 있었다. 언젠가 그와 Y도 그곳에서 장을 본 적이 있었다. 그는 몰려든 구경꾼 사이에 있을지도 모를 아내를 찾으면서 재빠르게 손가락을 놀려 문자메시지를 보냈다. 서로 떨어져서, 사라진 아내의 침묵을 고역스럽게 견디는 것보다 나을 것 같아서였다.

강릉에 올래?

당신 집으로?

바닷가 근처에 민박 잡지 뭐.

졸려 잠깐 자면서 생각해볼게.

그래 문단속 잘하고 사랑해.

겨울밤은 길었다. 텔레비전을 보다가 잠이 들었는데 깨어나 보니 아직 〈집으로 가는 길〉이란 일일연속극이 끝나지 않은 채였다. 그는 잠이 덜 깬 눈으로 이불 위에 놓인 휴대전화를 확인하고 던져버렸다. 냉장고와 화장실 문을 번갈아 바라보았지만 자리에서 일어나지는 않았다. 매일 시청하지 않아서 연속극의 흐름이 잘 파악되지 않았지만 그래도 움직이지 않고 눈으로만 할 수 있는 적당한 일이기에 부담은 없었다. 그는 리모컨을 가져와 천천히, 그러나 조금 지나지 않아 점점 빠르게 채널을 이동시켰다. 그리고 다시 제자리로 돌아왔다. 리모컨도 휴대전화 옆으로 던져버렸다. 무슨 꿈인가를 꾸었던 것 같은데 아무것도 기억나지 않았다. 텔레비전 위에 걸린 단순한 디자인의 시계를, 매우 단순하게 이동하는 시곗바늘을 하품을 하며 바라보았다. 어떤 알리바이를 만들듯 아내의 휴대전화로 다시 전화를 걸었다. "고문을 하는군." 그는 전화기에 대고 중얼거렸다. 이어 Y에게 문자를 보냈다.

제발 내려와 겨울밤이 너무 길어.

ㅋㅋ 이참에 아예 당신 집으로 들어가 살까?

그는 Y의 문자를 한참 들여다보다가 답장을 하지 않고 한숨과 함께 휴대전화를 던져버렸다.

"잠 그만 자고 노래 한 곡 불러요!"

여기는 어디인가? 붉고 노랗고 파란 빛의 물방울들이 떠다니고 있었다. 넓은 탁자 위에 아무렇게나 놓여 있는 캔맥주와 안주, 투명한 비닐 봉투에 들어 있는 노래의 곡명들을 그는 멍한 눈길로 바라보았다. 탁자 너머 무대에서는 아내의 친구가 노래하고 있었고 머리에 탬버린을 쓴 P는 아내의 친구를 뒤에서 껴안은 채 몸을 비볐다. 그는 끈적거리는 바닥에 붙어버린 듯한, 지저분해진 구두를 향해 시선을 떨어뜨렸다. 바닥에서 지린내가 스멀스멀 올라왔다. 그의 구두 옆에는 빨간 구두 한 켤레가 스타킹을 신은 두 발을 감싼 채 가지런히 놓여 있었다. 아내 친구의 친구인 J의 발이었다.

"정신이 좀 들어요?"

"제가 오래 잤습니까?"

"한…… 한 시간 정도. 그동안 저 혼자 엄청 외로웠
어요!"

J는 눈을 하얗게 흘기며 아내의 친구와 P를 턱짓으로
가리켰다. P의 두 손은 아내 친구의 윗옷 속으로 들어가
가슴을 더듬고 있었다. 그는 고개를 끄덕였다. J의 손이
그의 사타구니로 넘어오고 그의 손은 J의 어깨를 감싸
안았다. 남은 손으로 두 사람은 건배를 했다. 그는 맥주
가 묻은 입술을 닦고 J의 귀에 속삭였다.

"우리 진고개 삼계탕 집에서 만난 거 기억 안 나요?"

"아…… 어쩐지 낯이 익더라! 이걸 봤으면 훨씬 빨리
떠올랐을 텐데."

J가 그의 바지춤으로 손을 넣어 물건을 만지작거리며
깔깔 웃었다. 그의 손도 J의 어깨에서 아래로 내려가 겨
드랑이 사이로 파고들었다. 오대산 진고개 아래의 어느
삼계탕 집에 가면 항구도시 주문진의 젊은 과부들과 기
름기 번지르르한 닭을 뜯고 술을 마시며 진하게 만지고
주무를 수 있다는 소문은 사실이었다. 그녀들과 마음껏
먹고 취해도 닭값과 술값만 내면 되니 다른 종류의 술집

보다 굉장히 저렴하다는 게 중요했다. 그러니까 그녀들은 단순히 놀러온 것이고 우연히 합석을 한 것뿐이었다. 남의 눈 때문에 자주 드나들진 못하지만 그는 가끔 뜻이 맞는 사람들과 어두워지길 기다려 몰래 진고개 아래의 골짜기로 스며들곤 했다. 그런 어느 밤 J를 만났고 그후 당연하게 잊고 있었다. 그날 J에게 둘이서 따로 술 한잔 하자고 졸랐는지는 생각나지 않았다. 물론 졸랐을 확률이 높았다. 그곳에선 만지고 주무를 순 있지만 관계를 가질 순 없으므로 대개 자신의 파트너에게 넌지시 운을 띄워보곤 하니까. 그러나 오래된 일이라 그다음은 캄캄했다.

"우리가 그때 같이 잠을 잤을까요?"

"글쎄…… 오늘 끝까지 가보면 기억나지 않을까요."

아마 J는 그를 기억하지 못할 확률이 높았다. 그동안 그녀의 파트너는 셀 수도 없이 많았을 테니까. 그녀의 기억 속엔 삶은 닭의 뽀얀 살과 국물만 들어 있을 게 분명했다. 그런데 왜 그는 J의 얼굴이 또렷이 기억나는지 알 수 없었다. 아내가 사라진 뒤로 잊고 있었던 것들이

다투어 떠오를 뿐만 아니라 눈앞에 직접 나타나는 것만 같았다. 그는 J의 축 처진 젖을 주물럭거리다가 솥에서 나와 쟁반 위에 드러누운, 털이 모두 뽑힌 닭을 떠올렸다. 그러자 갑자기 열꽃이 몰려오는 듯 얼굴이 화끈거렸기에 다물었던 입을, 먹이를 기다리는 새끼 새처럼 최대한 벌려야만 했다.

"꺄악!"

"아, 이 새끼, 오늘 할 건 다 하네!"

"더러워!"

그는 소파에 앉아 탁자 끝에 이마를 걸쳐놓은 채 두 다리 사이로 토사물을 끊임없이 쏟아놓았다. 오색 물방울 점들이 빙글빙글 돌아가고 스피커에선 채 끝나지 않은 노래의 반주가 흘러나왔다. 이해할 수 없는 건 옆자리에 앉은, 제일 먼저 비명을 질렀던 J가 몸을 피하기는커녕 뜨거운 다리미 같은 손으로 그의 등을 쓰다듬어주고 있다는 거였다. 그는 손등으로 눈물을 닦았다. 어쩌면 J는 자신을 기억할지도 모른다는 생각을 하며 토사물에서 올라오는 역한 냄새를 천천히 들이켰다.

새벽인 줄 알았는데 겨우 자정을 넘어서고 있었다. 그는 휴대전화를 확인하고 텔레비전 화면으로 힘겹게 시선을 돌렸다. 〈낭독의 발견〉이란 프로가 방영되고 있었다. '겨울밤의 발견'이라고 그는 낮게 중얼거렸다. 아내가 사라진 지 한 십 년은 되었고 그 세월 동안 그는 꼼짝 않고 대관령 골짜기의 외딴 집에서 잠을 자다 깨기를 반복하며 텔레비전이나 보고 있었던 것 같았다. 아내는 답이 없는 문제를 불쑥 던져놓고 사라졌다. 하지만 그렇다고 해서 그 문제를 풀지 않을 수는 없다는 게 딜레마였다. 마치 선문답처럼. 그는 냉장고 안에서 은은한 불빛을 뒤집어쓴 채 차곡차곡 누워 있는 맥주병들을 눈으로 훑다가 문을 닫았다. 책꽂이 앞으로 이동해 낭독하며 읽을 만한 책을 고르려고 서성거렸다. 그러나 선뜻 손에 잡히는 책을 찾지 못했다. 닫힌 방문들을 한 번씩 열어보고 다시 옹관묘 같은 이불 속으로 되돌아왔다. 무엇인가를 발견하지 못한 자의 씁쓸한 표정으로.

네가 왔으면 좋겠어.

생각해봤는데 이건 당신 혼자 풀어야 할 문제 같아.

Y의 대답은 마치 스님의 말을 흉내내는 것 같았다. 아니면 그녀의 문자메시지에 답을 주지 않은 것에 화가 나 있거나. 그거나 저거나…….

그래서 안 오겠다는 거야?

졸려. 자야겠다.

……술이나 마셔야겠군.

조금만 마셔.

사랑해.

길고 깊은 겨울밤, 〈스포츠 스포츠〉를 보며 그는 갑자기 천애의 고아가 돼버린 듯한 심정을 지그시 깨물며 맥주를 홀짝거렸다. 텔레비전 화면 하단으론 잠시 후면 명화극장이 방영된다는 자막이 흘러가고 있었다. 보나마나 모두가 시청해도 되는 지루한 명화극장이겠지. 그는 투덜거리며 냉장고로 기어가다가 멈추고 베란다 쪽을 돌아보았다. 거기, 눈 덮인 마당에서 무엇인가가 안을 들여다보고 있는 것 같았다. 그는 한달음에 달려가 유리문을 열었다. 고라니 한 마리가 마당을 벗어나 눈 덮인 밭으로 뛰어가고 있었다. 골짜기의 지붕 같은 고속도로는 웬만한 산봉우리보다 높은 교각 위에서 고라니의 행보를 가만히 내려다보고 있었다. 그는 다리 밑에서 한동안 그를 물끄러미 바라보다가 사라지는 고라니를 향해 중얼거렸다. "한마디만 해주고 가지……."

"다 같이 너네 집으로 가자고?"

"응. 집이 비었어."

"우린 안 간다!" 단란주점에서 나온 P는 비틀거리는 아내의 친구를 부축한 채 등을 돌렸다. 아내의 친구는 일부러 취한 척하는 듯했다.

"우리도 그냥 여기 있어요." J는 P가 걸어가는 반대쪽 거리로 그를 끌어당겼다. 경포의 파도 소리는 유리창이 깨질 듯 사나웠다.

"우리 집에 가자!" 그의 고함 소리가 모텔과 횟집이 즐비한 거리에서 폭죽처럼 터졌다. Come on everybody clap your hands(자, 모두 함께 박수를 쳐봐요)! 그는 거실에서 홀로 춤을 추며 고개를 끄덕였다. 아내가 나타나기 전까진 어떤 답도 있을 수 없다는 것을 인정이라도 하듯이. Ar ya lookin' good(너무 보기 좋은걸)! 그러나 아내는 영영 나타나지 않을 수도 있지 않은가. 영영! 어느 날 일방적으로 내가 마음을 닫아버린 것처럼. 오, 그렇다면 또 몇 차례나 관공서를 들락거려야 된단 말인가! 사람들은 수도없이 전화를 걸어올 테고. I'm gonna sing my song(나는 노래를 부를 거야). 어떻게 하면 아내가 빨리 모습을 드러낼까? 길고 긴 겨울밤, 언제까지 홀로 거울만 들여다볼 순 없지 않은가. And it won't take long(그리 오래 걸리진 않을 거야). 친구들을 초대하고 애인들을 불러들여 매일 밤 파티를 열어볼까? 불이란 불 모두 밝혀놓고 이렇게 트위스트를 추며 밤을 지새울까? 그러면 모습을 드러낼까? We're gonna do the twist, and it goes like this(우린 트위스트를 출 거야. 봐, 이렇게 하는 거야). 그는 졸지에 산에서 떠밀려 길거리로 내몰린, 흥분한, 알고 보면 심약한 멧돼지처럼 견치를 드러낸 채 노래를 부르며 춤을 췄다. 아니 방향 없이 쏘다니다 벽에 머리를 찧고 뒤돌아섰다. 견치에 걸리는 무엇이나 사납게 찢어발겼다. 고함을 질러댔다. "자, 우리 지난여름처럼 다시 트위스트를 추는 거야!" 그렇게 그는 씩씩거리다가 지쳐 쓰러졌다.

"……이럴 줄 알았어요."

고라니는 마당에 서서 난장판이나 다름없는 거실을 보며 중얼거렸다. 햇살이 눈부셔 그는 제대로 눈을 뜰 수 없었다. 벌거벗은 P와 아내의 친구는 이불도 덮지 않고 텔레비전 근처에서 껴안은 채 잠들어 있었다. 그 옆에는 토사물이 한 무더기 고여 있었다. 소파 위에서 새우처럼 오그리고 자는 이는 Y였다. 언제 그녀가 내려왔는지 떠올리려 했지만 아무것도 기억나지 않았다. 도리어 머리만 지끈거렸다. 빈 술병을 손에 쥔 J는 냉장고에 등을 기댄 채 앉아서 자고 있었다. 그 사이사이에 쓰러진 술병과 안주가 흩어져 있었다. 화장실 문 바로 앞에 노랗게 고여 있는 건 오줌이었다. 그는 비듬이 날리는 더벅머리를 긁적거렸다.

"오랜만에 파티를 열었어. 춥겠다! 들어올래?"

"가야 돼요. 나랑…… 같이 갈래요?"

"……어딜?"

"알잖아요."

"……사랑한다고 전해줘."

그는 베란다와 마당의 경계에 서서 고라니의 눈을 한참 들여다보다가 거실로 시선을 돌렸다. 속이 쓰려왔다. 얼큰한 짬뽕 국물이 떠올랐다. 중국집에서 대관령 골짜기까지 짬뽕을 배달해줄까 생각하다가 마당을 두리번거렸다. 얼어가는 눈 위에는 고라니의 발자국만 찍혀 있었다. 그리고…… 그 너머, 산과 산을 건너가는 고속도로의 거대한 다리가 금이 가면서 천천히 허물어지기 시작했고 달리던 자동차들이 허공으로 퉁겨져 함박눈처럼 분분히 떨어지고 있었다.

3

반정

"뭐야? 불빛밖에 안 보이잖아!"

"밤이라 그렇지."

"돈을 넣었는데 안 보이는 것도 보여줘야 하는 거 아냐?"

"……."

"겨우 이걸 보려고 고개를 올라왔단 말이지……."

그렇지만 Y는 구 영동고속도로와 대관령 옛길이 만나는, 반정半程에 설치해놓은 쌍안경에서 두 눈을 떼지 않은 채 중얼거렸다. 엉덩이를 내밀고 허리를 구부린 자세로. 그 옆에서 담배를 피우던 그는 Y의 엉덩이로 다가가던 손을 슬그머니 거둬들였다. 하지만 눈길은 계속 Y의 엉덩이에 고정시켜놓았다. Y는 착 달라붙는 청바지를 입고 있었다. 지나가는 차량이 드문 밤의 대관령 길은 괴괴하기만 했다.

"볼래?"

"불빛밖에 안 보인다며."

"넣은 돈이 아깝잖아. 봐."

오백 원짜리 동전을 한꺼번에 네 개나 넣은 Y였다. 그는 Y에게 담배와 라이터를 건네주고 자리를 바꿨다. Y의 말대로 쌍안경을 통해 볼 수 있는 것은 저 아래 강릉의 불빛들뿐이었다. 소금 알갱이처럼 반짝거리는. 그는 렌즈를 천천히 돌렸다. 어두워지고 밝아지는 시야 속에서 자잘한 불빛들을 헤치고 불쑥 얼굴을 들이민 것은 낮에 보았던, 검붉고 험상궂은 탈을 쓴 시시딱딱이들이었다. 마치 쌍안경의 렌즈를 부수고 그들이 들어오려는 것 같아 그는 깜짝 놀라 접안렌즈에서 얼굴을 뗐다.

"왜 그래?"

"……아냐. 아무것도."

"뭐가 보여?"

그는 조심스럽게 다시 쌍안경에 눈을 맞췄다. 시시딱딱이들은 보이지 않았다. 가장 먼 곳으로 초점을 맞추어도 마찬가지였다. 보이지 않는 수평선쯤에 떠서 오징어 떼를 유혹하는 고깃배의 불빛이 전부였다. 쌍안경의 초점을 강릉 시내로 끌어당겼다. 단오제의 난장이 열리는 남대천변으로. 시시딱딱이들이 우르르 몰려가 소매각시를 희롱하느라 뿌옇게 흙먼지 날리던, 햇볕 뜨거웠던 단오장으로. 신주神酒를 마시고 취한 Y가 갑자기 씩씩거리며 무대로 뛰어들었던 바로 그곳으로.

"정말 뭐가 보이는 거야?" Y는 손으로 그의 엉덩이를 쓰다듬다가 톡톡 두드렸다.

"……시시딱딱이."

"시시딱딱이? 그 산적처럼 생긴 놈들?"

"응. 그런데…… 보였다가 사라졌어."

"비켜봐! 양반광대놈 보이면 수염을 확 뽑아버려야지."

그와 Y는 위치를 바꿨다. 그는 어두운 반정 주변을 둘러본 뒤 쌍안경을 들여다보는 Y의 볼록 튀어나온 엉덩이를 손으로 쓰다듬었다. Y는 순간 몸을 움찔 떨었지만 다른 반응은 보이지 않았다. 그는 Y의 엉덩이로 몸을 밀착시켰다. 대관령의 밤하늘에는 얇은 접시 같은 하현달만 희미하게 떠 있었다.

"안 보여. 춥다." 그는 두 팔로 Y의 탄식을 꼭 안았다.

오월의 끝자락인데도 대관령 중턱은 추웠다. 그는 자동차의 히터를 틀었다. 반정의 쌍안경은 여전히 검은 나무들의 우듬지 너머 불빛이 반짝거리는 강릉을 저 홀로 내려다보고 있었다. 그와 Y가 낮 동안 다리가 아플 때까지 돌아다녔던 남대천변을.

"여기에 주막이 있었다고?"

"응. 대관령을 오르내리는 차량들이 지금의 휴게소처럼 쉬어가곤 했나봐. 난 본 적이 없어."

"그 시절에 태어나 여기서 주모를 했어야 했는데!"

“나는 주막쟁이.”

그러나 그는 자신의 기억을 신뢰할 수가 없었다. 강릉 사람들의 입을 통해 반정 주막의 흥망사를 들어보면 그 마지막 끄트머리 어디쯤에서 어린 그도 분명 완행버스를 타고 대관령을 오르내렸기 때문이다. 멀미를 하느라 주막을 눈여겨볼 겨를이 없었을까. 아니면 신작로에서 피어나던 흙먼지 때문에 보지 못했을 수도 있다. 여하튼 그의 기억 속에는 대관령 중턱에 자리 잡은 채 바람과 안개, 폭설을 견디는 주막집은 존재하지 않았다.

“한번 할까?” 그는 Y의 옷 속으로 손을 넣어 젖을 만지작거렸다.

“차 안에서?” 어두운데도 Y의 눈은 호기심으로 반짝거렸다.

“……차가 지나갈 수도 있잖아?”

“그냥 지나가겠지. 설마 차에서 내려 들여다보겠어.”

“당신 꿈에서처럼 산짐승들이 몰려올지도 모르잖아.”

“그건 꿈이고.”

“대관령 국사 성황이 노하지 않을까?”

"국사 성황은 단오 구경하러 강릉 갔어. 끝날 때까지 안 올라와."

호기심과 불안이 섞인 Y의 망설임 위로 하현달이 점점 떠올랐다. 그러나 그 빛을 가지고 비출 수 있는 건 없어 보였다. 용기를 얻은 그는 입술을 Y의 입술로 가져갔다. Y는 고개를 돌렸다. Y의 젖가슴으로 손을 옮기자 아예 상체를 틀어버렸다.

"왜?"

"당신 와이프, 참 독한 사람인 거 같아. 사라진 지 얼마나 됐다고?"

"……."

그는 자동차의 전조등을 켰다. 큼직한 쌍안경은 달빛이 미약한 밤의 대관령 아흔아홉 굽이를 지키는 초병처럼 보였다. Y는 옷매무새를 꼼꼼하게 추스르며 눈치를 살폈다. 그는 자동차의 방향을 대관령 정상으로 틀었다.

"화났어?"

"아냐."

"화났는데 뭘."

“아니라고.”

대관령의 가느다란 하현달은 캄캄한 그믐으로 향하고 있었다.

“당신은 나랑 어떤 체위로 할 때가 제일 좋아?” 미안한 마음을 전할 때 Y가 주로 쓰는 표현이었다.

관노 가면극

햇살은 한여름처럼 뜨거웠다.

나무 그늘이 있는 자리는 일찌감치 도착한 구경꾼들이 차지하고 있어 비집고 들어갈 틈이 없었다. 마당을 몇 바퀴 돌다가 행여 그늘이 있는 자리를 발견하고 가서 앉아도 당연히 무엇인가가 시야를 가로막았다. 그와 Y는 결국 시멘트 계단 맨 뒤쪽에 리플릿을 깔고 앉아 손으로 햇살을 가려야만 했다. 검은 자루 같은 것을 뒤집어쓴, 머리는 올챙이 같고 허리는 커다란 간장 항아리 같은 장자마리 둘이 나와 마당을 돌며 익살스러운 춤을 췄다. 얼굴에 산비탈 밭고랑 같은 주름살이 촘촘히 잡혀 있는 꼬부랑 할머니를 일으켜 세워 손을 잡고 춤을 추다가 힘이 부친 할머니가 손사래를 치자 곧장 다른 곳으로 달려갔다. 사진 촬영을 하고 있는 벽안의 젊은 여자에게로. 대부분 노인들로 가득한 구경꾼들 사이에서 그녀는 단연 눈에 띄었다. 그가 Y 몰래 틈틈이 훔쳐보던 여자이기도 했다. 쪼그려 앉아 사진을 찍을 때마다 드러나는 허리의 뽀얀 살결에 홀려. 장자마리는 구경꾼들의 박수를 유도하며 사양하는 그녀를 마당으로 이끌었다. 그는 발갛게 변한 그녀의 얼굴에서 눈을 떼지 않았다. Y가 물었다. "외국 여자랑 자본 적 있어?" "……아니." 그는 시야를 마당 전체로 넓혀야만 했다. 장자마리의 손에 이끌려 나온 사람들, 술에 취해 흥에 취해 제 발로 걸어 나온 사람들이 흙먼지를 피우며 덩실덩실 어깨춤을 추고 있었다. "……있어?" 그는 선글라스를 쓴 Y의 옆얼굴에 대고 물었다. "있을 뻔했지." "언제? 어떻게?" 장자마리 개시과장이 끝나자 머리에 원뿔 모양의 기다란 관을 쓴 양반광대가 모습을 드러냈다. "이태원 클럽에서 춤을 추는데 한 녀석이 계속 내 엉덩이에다 자기 사타구니를 비비는 거야." 갈매기가 날아가는 듯한 눈썹과 사타구니까지 내려오는 수염이 달린 탈, 왼손에 들고 있는 장죽, 오른손의 부채가 인상적인 양반광대였다. 설렁설렁 부채질을 하며 구경꾼들을 기웃거리거나 쭈그리고 앉아 장죽으로 담배를 피우는, 고집 센 염소 같은 양반광대는 손에 물 한 방울 안 묻히고 이것저것 참견이나 하고 다니는, 어느 마을에 가도 한 사람쯤은 있는 그런 모습이었다. "그래서 어떻게 했어?" "뺨을 한 대 때려주려고 돌아섰는데, 우아! 그럭저럭 괜찮은 녀석이더라고." 마당을 기웃거리던 양반광대의 눈에 마침내 분홍치마와 노란 저고리를 입은 소매각시가 들어왔다. 양반광대는 다른 데를 보는 척하면서 슬며시 게걸음으로 소매각시에게 다가갔다. 그런 양반광대의 접근을 아는지 모르는지, 강릉 여자들의 복스러운 얼굴형을 그대로 닮은 탈을 쓴 소매각시는 장 구경을 나온 시골 처녀처럼 이곳저곳을 둘러보고 있었다. "데리고 놀면 나름대로 재미있을 것 같았어. 그래서 그 녀석과 함께 춤을 추고 맥주병 주둥이를 경쾌하게 부딪쳤지. 내 얘기 듣고 있는 거야?" "응. 계속해." 그는 소매각시와 양반광대의 사랑과장에서 눈을 떼지 않고 퉁명스럽게 대답했다. 소매각시와 양반광대는 넓은 마당을 쏘다니면서 밀고 밀치기를 반복하며 서로의 의향을 떠보는 중이었다. 몸이 달아 있는 이는 당연히 양반광대였고 소매각시는 이리저리 빼며 교태를 부렸다. "왜 얘기 안 해? 술 마시고 춤춘 다음엔 어디로 갔는데? 화장실? 모텔?" "삐쳤구나?" "아냐." 그는 담배에 불을 붙이고 계단 맨 아래에서 사진을 찍고 있는 외국 여자의 뒷모습을 노골적으로 바라보았다. 청바지 밖으로 조금 나온 분홍 팬티를. "당신은 그때 와이프랑 주말을 보내느라 내 전화도 받지 않았어." Y는 캔맥주를 마셨고 그는 고개를 끄덕였다. "뭐, 술도 취하고 전화 안 받는 당신 때문에 기분도 그랬어. 그 녀석은 계속 자러 가자고 치근댔고. 갑자기 내 신세가 처량하다는 생각이 들자 녀석을 끌고 클럽을 나왔어. 까짓것. 갈 데까지 가보자, 뭐 그런 심사였겠지." "……미안해." Y는 눈물 몇 방울을 손등으로 닦아냈다. "당신 전화는 정말 적절할 때 왔어. 아냐, 정말 부적절할 때 온 것일 수도 있지. 새벽 세 시에 걸려온 전화. 몸에 걸친 마지막 옷을 벗으려 할 때 걸려온 전화. 받지 말까, 몇 번이고 망설이게 했던 전화. 그러나 결국 받고 말았지. 언젠가 당신이 전화기로 들은 내 울음은 그때 모텔에서 나와 길거리를 걸을 때 토해놓은 바로 그 울음이었어. 물론 당신은 와이프와 밀린 회포를 풀고 와이프가 잠든 뒤에야 겨우 건 전화였겠지만." 그는 눈물을 닦은 Y의 작은 손을 가만히 쓰다듬었다. 일방적인 희롱인지 아니면 결국 서로 마음이 맞아 나눈 사랑인지는 석연치 않지만 양반광대와 소매각시의 사랑은 짧고 파경은 끔찍했다. 갑자기 나타난, 건달 같은 시시딱딱이들이 양반광대의 행실이 아니꼬운지 소매각시를 끌고 갔기 때문이었다. 호리호리한 몸매의 양반광대는 물론이고 들고 있는 장죽과 부채는 시시딱딱이의 칼을 대적할 수 없었다. 분하고 억울한 듯 마당만 뱅글뱅글 돌 뿐이었다. "그냥 한번 자볼걸 그랬어. 뭐, 심각한 것도 아니잖아." 시시딱딱이들에게 둘러싸여 있는 소매각시를 보며 Y가 덤덤하게 말을 꺼내놓았다. 그는 대꾸하지 않았다. "이상해. 미소 짓는 탈을 쓰고 있으니 소매각시 속마음을 모르겠어." Y의 지적은 사실이었다. 우락부락하게 생긴 시시딱딱이 둘에게 희롱을 당하는 것처럼 보이는 소매각시는 여전히 수줍은 듯, 조금 부끄러운 듯, 연지곤지를 찍은 얼굴로 미소만 짓고 있었다. 또 하필이면 말 한마디 없는 무언극이었다. 장구와 징, 꽹과리, 날라리 소리만 극의 흐름을 따라 높아지고 낮아질 뿐이었다. "저 두 사람이 처녀 총각일까?" "소매각시는 처녀겠지만 양반광대는 결혼을 했겠지." 그는 Y의 질문이 바라보는 방향을 짐작했다. 양반이 계집질하는 이야기로. 그는 소매각시의 정체를 밝히기로 마음먹었다. "소매각시는 광대야. 요즘 말로 하면 연예인이겠지." "……아!" 양반광대는 돌아온 소매각시의 정조를 의심하고 있었다. 소매각시는 자신의 떳떳함을 증명하려고 양반광대의 긴 수염에 목을 매 죽었다. "이제 알겠어. 그러니까……떠돌이 광대패가 어느 고을에 가서 공연을 했어. 그런데 그 고을의 한 양반이 소매각시에게 흑심을 품었고 마침내 두 사람은 정을 통하게 되었어. 그러자 평소 소매각시를 흠모했던 광대패의 사내들이 소매각시를 데리고 가 다그쳤을 거야. 그러지 말라고. 아니면 양반과 사랑에 빠진 소매각시를 겁탈했거나. 소매각시는 울며 양반에게 돌아갔지만 양반은 소매각시가 몸을 더럽혔다고 여기고 받아들이질 않았어. 결국 소매각시는 양반의 상징인 긴 수염에 목을 매 죽고." "그래. 하지만 시시딱딱이가 소매각시를 겁탈하지는 않았을 것 같아. 소매각시가 자살로 항변한 걸 보면." "어제 무대로 뛰어들길 잘했네 뭐." Y는 실실 웃음을 흘렸다. "그래도 이건 연극일 뿐이잖아." "아무리 연극이라지만 저 사고관은 마음에 들지 않아." Y는 쓸쓸한 얼굴로 소매각시 소생 장면을 관람했다. 양반광대의 용서도, 소생을 기뻐하는 관객들의 춤도(그중엔 사진을 찍던 외국인 여자도 있었다), 되살아난 소매각시와 양반광대의 포옹도 Y에겐 모두 구역질을 불러오는 역겨운 무엇처럼 보이는 모양이었다. 그는 Y가 쓰고 있는 선글라스에 비친, 단오장에 모인 사람들을 묵묵히 바라보았다. "나를 의심해?" "글쎄……." "당신은 긴 수염이 없으니 어떡하면 좋을까……." 관노 가면극은 전날과 다름없이 배우들이 쓰고 있던 탈을 벗는 것으로 끝이 났다. 촘촘한 주름살에 땀이 잔뜩 고여 있는 노인들이 환영처럼 탈바가지를 손에 쥔 채 인사를 했다. 소매각시도 할아버지였다. 왜 매번 젊은 처녀일 거라고 생각했는지 그는 스스로를 이해할 수 없었다. 그러했기에 마치 부조리극 한 편을 관람한 듯한 기분을 지울 수 없었다. "대관령을 내려온 성황은 어디에 있을까?" 선글라스를 벗은 Y가 주위를 두리번거렸다. 잘 보이지 않는지 Y는 다시 선글라스를 쓰고 계단에서 일어났다. "당신 와이프는?" 그는 Y가 남긴 맥주를 모두 비웠다. "나는?" 무당이 여러 신들을 부르듯 Y의 중얼거림은 끝나지 않았다. "당신은?"

살찐 까마귀와 염주 비둘기

"주인이 출타한 집에 찾아온 거네."

"대신 산신이 남아 있잖아."

그는 Y에게 물이 흐르지 않는 작은 개울 건너의 산신각을 가리켰다. 산신각은 지독한 안개와 산에서 내려오는 어둠에 가려 잘 보이지 않았다. 꽹과리와 징 소리, 신경을 거슬리게 하는 방울 소리와 까마귀 울음이 건너왔다. 그리고 검은 나무들 사이에서 흔들리는 촛불들. 잘 알아들을 수 없는 웅얼거림도 촛불과 함께 흔들렸다. "건너가도 돼?" Y는 개울 저편을 다른 세상으로 여기는 듯했다. 평소의 그녀답지 않게 그의 옷자락을 잡은 채 뒤에서 조심스럽게 따라오며 작은 소리로 물었다. "대체 뭐하고 있는 거야?" "비손. 치성 드리는 거." "치성? 무당들이야?" "일반인도 있을 거야." 두 사람은 산신각 옆에 서서 아름드리 나무들이 꿈틀거리듯 허공을 향해 뻗은 모습을 살피며 치성을 드리는 사람들을 훔쳐보았다. 촛불 앞에 자리를 펴고 삼삼오오 앉아 있는 사람들의 눈빛은 형형하다 못해 금방이라도 불이 붙을 것 같았다. 돼지머리를 향해 손을 비비고 절을 하고 알아듣기 어려운 주문을 외는 그들에게 그와 Y는 없는 거나 마찬가지인 듯했다. 대관령의 특산품인 짙은 안개는 치성을 드리고 풀숲에 버린, 쾌쾌한 막걸리 냄새가 진동하는 국사 성황당 골짜기를 축축한 솜이불처럼 덮고 있었다. 담배에 불을 붙이고 눅눅함도 밀어낼 겸 켠 그의 라이터 불빛은 이내 꺼져버렸다. 머리 위 안개와 어둠 속에서 갑자기 소리를 내지르며 튀어나온 까마귀 때문이었다. 한 마리가 아니었다. 곧이어 다른 나무에서도 새들이 튀어나와 바닥으로 내려앉았다. 염주 비둘기들도 섞여 있었다. 그것들은 깍 까악, 국 꾹, 울어댔다. 치성을 드리던 이들이 던져준 떡 부스러기를 놓고 한바탕 쟁탈전이 벌어진 거였다. 새들은 농구공처럼 통통 튀는가 하면 이 나뭇가지에서 저 나뭇가지로 검은 도둑고양이처럼 휙휙 날아다녔다. 정말 검은 도둑고양이만큼 살이 통통 쪘기에 날아다니는 게 신기할 정도였다. "공포 영화 속에 들어온 거 같아." Y가 그의 팔을 두 손으로 꽉 잡았다. 그의 생각은 달랐다. 언제부턴가 대관령 국사 성황당에 오면 들끓던 마음이 차분하게 가라앉았고 흔들리는 촛불을 켜놓고 비손을 하는 풍경이 따스하게 보이기 시작했다. 물론 성황당 골짜기를 벗어나기 무섭게 제자리로 돌아가곤 했지만. 그는 비손을 끝낸 뒤 떠난 이들이 남겨두고 간 촛불이 켜져 있는 작은 제단 앞으로 Y를 이끌었다. 두 사람이 다가가도 염주 비둘기와 까마귀 들은 먹이를 먹느라 도망가지 않았다. 제단의 유리창 너머에서 촛불들은 뜨거운 눈물을 흘리고 있었다. 눈물은 식어서 쌓이고 쌓이면 산을 이룰 것도 같았다. 그는 그 앞에 쪼그려 앉았다. 한 달 전 아내를 찾아다니다가 우연찮게 도착한 성황당에서는 때마침 국사 성황제를 지내고 있었다. 성황당 뒤편 산기슭, 바람 한 점 없는데(아니 정말 바람이 불지 않았는지는 장담하지 못하겠다) 파르르 가지를 떨던, 신목神木이 된 단풍나무를 향해 무녀가 입을 열었다. "국사 서낭님, 사월 보름날 우리 서낭님 뫼시러 왔습니다. 홍제동에 기시는 정씨 국사 여서낭님한테로 놀러 가십시다. 단오 구경도 하시고." 그때 그는 등에 얼음덩이를 지고 있는 듯한 몸살에 덜덜 떨며, 사라진 지 네 달이 넘어가는 아내에게 물었다. 당신은 대체 어디로 놀러 간 거야? Y도 그의 옆에 쪼그려 앉아 불을 쬐듯 유리 너머의 촛불을 향해 두 손바닥을 펼쳤다. Y의 얼굴과 손바닥은 이내 발갛게 물들었다. 까마귀와 염주 비둘기 들도 두 사람 옆으로 통통 튀어 다니며 흩어진 쌀알을 부리로 쪼아 먹었다. "여긴 소도蘇塗 같아." Y의 표정은 공포 영화 속에서 나온 지 오래였다. "우린 죄를 짓고 도망치다

들어온 거고." "무슨 죄?" Y가 뭐라 말했지만 갑자기 어둠과 안개를 몰아내는 듯한 징 소리에 묻혀 그는 듣지 못했다. Y의 입술이 두 번 앞으로 삐죽 나온 것을 본 게 전부였다. 징 소리가 그치자 Y는 같은 자리에서 꿈쩍 않고 쌀알을 쪼아 먹는 새들을 손가락으로 조심스럽게 툭툭 쳤다. "근데 얘들은 살이 너무 쪘어. 마치……." 이번엔 꽹과리 소리가 진동했다.

보름달이 떴어도 짙은 안개에 가려 찾을 수 없는 밤이었다. 그는 국사 성황당 골짜기를 빠져나오면서 듣지 못한 Y의 말에 대해 곰곰 생각했다. 돼지머리를 발톱으로 들고 날아가는 까마귀를 떠올리며.

코끼리

"코끼리를 직접 본 게 처음이라고? 그동안 동물원에도 안 가봤어?"

"갔었는데…… 못 본 것 같아."

코끼리만큼 늙은 듯한 동춘 서커스단의 서커스 관람을 마치고 나왔을 때 Y는 처음 코끼리를 대면한 감흥에 여전히 들떠 있었다. 그는 목이 아팠다. 위험한 공중그네를 타는 여자를 너무 오래 쳐다본 후유증이었다. 현존하는 동물 중 가장 큰 덩치를 지닌 게 코끼리일 터였다. 공룡이며 매머드도 사라진 지 오래니까. 어쩌면 사라져서 다행인지도 모른다고 그는 고개를 끄떡였다. 특히 공룡은 인간과 공존하기 힘들 것 같았기에. 아픈 목 때문에 그는 땅을 보며 걸었고 Y는 계속해서 주변을 두리번거렸다. 단오제 기간 동안 난장이 서는 남대천 둔치는 구경꾼들로 북적거렸다. 그와 Y는 남대천을 오른편에 두고 대관령 방향으로 걸었다. Y는 누워 있는 사람을 밟을까 봐 조심하는 서커스단의 코끼리처럼 걸음을 옮겼기에 그는 자주 뒤돌아봐야 했다. 허공에서 한 바퀴 회전해 다른 그네에 매달리듯이. 그 그네를 놓치면 꼼짝 못하고 바닥으로 추락한다. 물론 서커스의 무대에는 그물망이 쳐져 있었지만 그 바깥은 알 수 없었다. 그는 그네를 타고 있는 아내를 잠깐 생각했다. 그네를 타다 그네를 놓고 어디론가 훌쩍 날아간 것만 같은 아내를.

"이 이불 어때? 코끼리가 좋아할까?" Y는 이불에 볼을 비볐다.

"코끼리 코도 다 못 덮겠어."

"이불을 몇 채나 붙이면 코끼리를 다 덮을 수 있을까?"

"……백여덟 채."

"내가 코끼리가 되는 게 낫겠어."

"그럴 수 있다면 얼마나 좋겠어."

"……난장에 있는 이불을 다 사야겠군. 원래 단오 때 새 이불 장만하는 거라며?"

이불 가게들이 끝나는 곳에 주차장과 남대천을 건너갈 수 있는 나무다리가 놓여 있었다. 그는 백여덟 채의 이불 중 Y가 산 홑이불 한 채를 누가 볼까 재빨리 자동차 뒷자리에 실었다. 사흘째 Y와 함께 단오제가 열리는 남대천 둔치에 얼굴을 내밀었는데 아는 사람을 만나지 않은 건 그나마 다행이었다. 다른 것도 아닌 이불을 들고 있는 건 좀 그랬다. 왔다 갔다 반복하기만 하던 그네들 잡은 손을 놓고 어딘가로 날아가던 아내가 공교롭게도 그가 들고 있는 이불 위에 털썩 내려앉는 상상을 지울 수 없어 아픈 목을 어루만지며 자주 하늘을 올려다봐야 했다. 이불 위에 앉아 눈으로 까닭을 묻는 아내에게 Y의 말대로 코끼리가 덮을 이불이라고 둘러대는 것도 낯간지러웠다. Y가 애인이 아니라 코끼리라고 우겨도 믿지 않을 게 분명했다.

"괜찮아?"

"뭐가?"

"아는 사람 만날까 봐 끙끙거리고 있잖아."

"괜찮아. 아기 코끼리랑 장 구경하고 있는데 뭘."

"아기 코끼리라! 아기 코끼리랑 그거 하고 싶음 말해. 지금 모텔로 갈까?"

"모텔에서 코끼리를 받아주나."

좁은 나무다리 위에서 Y는 팔로 코끼리 흉내를 내며 걸었다. 삽당령과 대관령 골짜기 골짜기에서 흘러와 한데 모인 남대천 물은 깨끗하지 않았다. 간질병 환자가 토해놓은 거품 같은 게 무수히 떠내려 오고, 고개를 돌리면 떠내려가고 있었다. 물길이 사십여 리에 불과한데도 더러워질 대로 더러워져 놀고 있는 물고기 한 마리 보이지 않았다. 물에서 올라오는 비린내에 그는 숨 쉬

는 것을 참다가 결국 사레에 걸린 듯 캑캑 기침을 해야
만 했다. 무릎을 잡고 잔뜩 허리를 구부린 그의 코와 입
으로 기다렸다는 듯 악취가 몰려들었다. 거품이 떠내려
가는 물에서 그의 아내는 그네를 타고 있었다. 밑싣개에
두 발을 걸쳐놓고 타는 게 아니라 두 손으로 줄에 매달
린 봉을 잡고 타는, 서커스에서 본 그네를. 하지만 물은
요동 없이 잔잔했다. 그는 끈적끈적한 가래침을 Y 몰래
그 물에 뱉었다. Y는 긴 코로 그의 등을 쓰다듬어주었다.

"이 옷 근사하지 않아?" Y는 집시 풍의 울긋불긋하고
술이 많이 달린 상의를 입고 한 바퀴 돌았다. 마치 치장
을 한 아기 코끼리 같았다. "당신 것도 하나 사야겠다.
입을 거지?"

"너무 튀지 않아?" 천막 천장에서 내려온 노끈에 매달
아놓은 거울 속의 그는 장보러 나온 얼뜨기 인디언처럼
보였다.

"그래야 당신 와이프가 한눈에 알아보지! 난 이렇게
지루한 침묵은 정말 싫어."

Y의 말대로, 사라진 아내는 지루한 침묵을 고수하고

있었다. 그동안 그에게 어떤 메시지도 보내오지 않았다. 남기고 간 모든 게 아내의 메시지라면 메시지였다. 어쩌면 애당초 그런 것 따윈 생각조차 없었을지도 모른다. 그렇기에 언제 아내의 침묵이 끝날지 그는 알 수 없었다. 경찰서나 관공서, 아내의 친척들을 기웃거리는 건 요식행위일 뿐이었다. 길고 깊은 겨울을 대관령 골짜기 외딴 집에서 홀로 보내는 동안 그 사실을 분명히 알 수 있었다. 아내는 선택권을 그에게 떠넘기고 떠난 거였다. 그런데…… 그 간단한 게 시간이 흐를수록 이상한 방향으로 그의 마음을 휘감아버렸다는 것을 알 수 있었다. 그는, 어떤, 선택도 할 수 없었다. 아내의 메시지가 도착하기 전까지는. 그래서 겨울에는 얼어붙은 눈 위로 방향 없는 바람에 쏠려가는 눈가루처럼 싸돌아다녔고 우여곡절 끝에 봄이 오자 꽃나무 근처를 주인 잃은 개처럼 기웃거린 게 고작이었다. 아내에 대한 온갖 상상을 하며.

Y는 그의 그런 행보에 지루해하고 있었다. 아내가 사라졌지만 그는 Y를 여전히 몰래 만나고 있는 거나 마찬가지였다. Y가 단오제가 열리는 강릉으로 앞뒤 따지지

않고 들이닥친 것은 그 때문이었다. 그로서는 Y의 강릉 행을 막을 수 없었다. 좁은 강릉 바닥에서 Y와 자유롭게 돌아다니고 드나들 수 있는 곳은 많지 않았기에 행선지 를 다른 곳으로 돌리고 싶었지만 Y는 단오제를 고집했 다. Y의 진짜 의도가 무엇이건 간에 그도 서서히 지쳐가 고 있었다. Y가 강릉에 와선 안 될 이유가 없었다.

"코끼리도 동동주를 마실까?"

"마시겠지."

"왜?"

"덩치가 크니까."

때가 가득한 삼원색의 천막 아래서 그와 Y는 해물파 전에 동동주를 마셨다. 기름을 너무 많이 넣고 지진 해 물파전이라 느글거림을 달래려면 계속 동동주를 마셔 야만 했다. 그는 뻣뻣해진 목과 어깨를 손으로 주무르 지도 않은 채 오직 술과 안주에만 몰두했다. 근래에 유 행하는 '막장 드라마' 속으로 덜컥 들어가버린 기분이었 다. 그의 귓속을 가득 채우는 목소리는 등 뒤 서너 자리 뒤에서 술을 마시고 있는 이들의 대화뿐이었다. 그 자리에는 지난겨울 함께 술을 마셨던, 강릉에서 부동산중개업을 하는 그의 친구 P, 경포에서 카페를 운영하는 아내의 친구, 그리고 주문진에 살고 있는 카페 주인의 친구인 J가 앉아 있었다. 그는 느글거리는 해물파전을 씹으며 세상의 많고 많은 이유들을 탁자 위에 몰래 열거하다가 한꺼번에 밀쳐버리고 똑같은 옷을 입은 Y에게 작은 소리로 물었다.

"코끼리가 왜 좋아?"

"……큰 몸 안에 주름이 쪼글쪼글한 슬픔을 가득 품고 있는 것 같아."

"Y야, 네가 시인이 됐더라면 좋았을 텐데."

"게을러서 안 돼. 근데…… 저 사람들 아는 사람이야? 당신을 계속 흘끔거리고 있어."

"조금 알아." 그는 돌아보지 않고 말하는 걸로 Y에게 자신의 의지를 전했다. "인도의 어떤 그림인데, 사람들이 코끼리 몸속에 가득하게 들어가 성교를 하는 그림을 본 적이 있어."

"오호라! 근데 코끼리 몸속으로 어떻게 들어가지?"

그는 그네가 오가는 속도로 동동주 잔을 비웠다. 뒤통수에 압정처럼 꽂혀 있는 P와 아내 친구의 눈길을 내버려둔 채로. Y는 왼손으로 코를 잡고 그렇게 만들어진 왼팔의 구멍으로 오른손을 끄집어내 술잔을 잡았지만 입으로 가져올 수 없어 끙끙거렸다. 마치 코끼리 몸속으로 들어가려고 애를 쓰는 것 같았다. 그는 똑같은 자세로 자신의 술잔을 잡아 Y의 입술에 대주었다. Y는 그 동동주를 꿀꺽꿀꺽 마셨다. 다음엔 Y가 같은 방법으로 그에게 동동주를 권했다. 그의 사타구니는 이미 묵직해져 있었다. 코끼리 몸속으로 들어가는 방법 하나를 깨우친 듯 두 사람은 고개를 숙인 채 몰래 키득거렸다.

"잘 지내나? 새끼, 연락 좀 해라." P였다. 주점을 나가려는 모양이었다.

"보기 좋네요!" 아내의 친구는 그와 Y가 입고 있는 똑같은 옷을 훑어보며 말했다.

"저 기억하세요?" 주문진에 산다는 J였다.

P일행이 주점을 나가자 그는 웃음을 참으며 Y의 의향을 물었다. "진짜 코끼리 몸속으로 들어갈까?

Y의 볼은 발갛게 물들어 있었다.

바람 자루

밤의 대관령 골짜기를 빠져나오는 바람이 텅텅텅 불고 있었다. 바람의 모습은 보이지 않았다. 산비탈의 나뭇가지들이 봉두난발로 흔들렸다. 지난가을의 마른 잎들은 물론이고 초록의 이파리들도 고속도로의 다리를 비추는 가로등 불빛 속으로 탄환처럼 날아갔다. 방풍벽을 때리는 모래 알갱이들의 비명이 우박 소리처럼 들렸다. 바람의 통로에 자리 잡고 있는 것들의 온갖 몸부림이 바람의 존재를 증명하고 있었다. 바람의 질주를 가로막는 거대한 다리 양쪽에 설치한 바람 자루는 입을 한껏 벌린 채 바람을 삼키고 배설하며 바람의 방향을 알려주었다. 대관령의 명물인 지독한 안개와 폭설, 바람 중에서 그와 Y는 바람 속에 서 있었다. 두 사람이 내린 자동차는 다리 입구에서 붉은 비상등을 깜박거렸다.

"이, 바람을, 보여주려고, 여기 온 거야?" Y는 곧 날려갈 것처럼 비틀거렸다.

"그렇기도 해."

"뭐라고? 퉤! 입에서 모래가 씹혀!"

"저게 바람 자루야!"

"바람 자루? ……서커스단 코끼리의 발기한 성기 같아!"

두 사람은 비상등이 깜박거리는 자동차 안으로 자리를 옮겼다. 바람 자루는 새것으로 교체돼 있었다. 그는 갑자기 바람 자루의 수명이 얼마인지 궁금했지만 이내 포기했다. 수명이 다해 곧 흔적도 없이 사라질 바람 자루를 본 적도 있었다. 찢어진 바람 자루도. 먼지가 낄 대로 끼어 원래 색을 잃어버린 지 오래된 것도. 새 바람 자루는 어둠 속에서 홀로 뚜렷했다. 빈틈없이 바람을 삼키고 있어 홀로 탕탕했다.

"좀 징그럽긴 하네. 까딱 잘못하면 터져버릴 것 같아."

"끝에 바람이 빠져나가는 구멍이 있어. 구멍 뚫린 콘돔처럼."

"대단히 외설적이야." Y가 깔깔깔 웃음을 날렸다.

자정이 가까워지는 시간, 영동고속도로 대관령 구간

은 가끔씩 화물 차량이나 지나갈 정도여서 한적하기 이
를 데 없었다. 바람만이 놀거나 아우성치는 허공의 운동
장 같았다. 두 사람이 탄 차는 간헐적으로 흔들거렸다.
날려 온 모래가 양동이로 물을 붓듯 앞 유리를 긁었다.
생가지가 꺾여 검은 도로 위로 쓸려갔다. 마치 온 산이
거친 숨을 토해내는 듯했다. 그도 Y의 입술을 거칠게 훔
쳤다. 옷 속으로 손을 넣어 젖가슴을 움켜잡았다. 그의
다른 손은 Y의 사타구니 속으로 들어가려고 애를 쓰지
만 좁은 차 안에서 자세 때문에 쉽지 않았다. Y는 눈을
감지 않은 채 축제 홍보용 비행선처럼 다리 위에 떠 있
는 바람 자루를 바라보았다. 바람은 변함없이 텅텅텅
불었다.

“저게 달 맞지?” 그의 얼굴은 Y의 젖가슴에 묻혀 있었
기에 밤하늘을 볼 수 없었다. 보고 싶지도 않았다.

“곧…… 사라져버리겠다.” 단오제가 끝나면 아마 그믐
일 것이다. 그믐으로 가는 달을 보름달로 만들겠다는 듯
그는 Y의 젖가슴에 숨을 불어넣었다.

“저 아래에 있는 외딴 집은 당신 집이겠지. 저걸 보여

주려고 날 여기로 데려온 거지?” 졸지에 바람을 빼앗긴 바람 자루처럼 그는 한숨과 함께 허물어졌다. Y는 그런 그의 머리를 쓰다듬어 주었다. Y의 말대로 대관령의 산과 산을 건너가는 거대한 다리 아래에 있는 외딴 집은 그의 집이었다.

“당신 와이프가 돌아오지 않는 한, 우리는 바람에 날려가는 나뭇잎처럼 떠돌겠지……. 밤이 오면 돈을 주고 세상 침대를 빌리며.”

“그만 좀 해!” 그는 버럭 소리를 질렀다.

굿

굿당의 무녀들은 대맞이굿을 했다. 그와 Y는 노인들로 가득한 넓은 평상 위에 심통 사나운 얼굴로 앉아 있었다. 다행히 시끄러운 꽹과리 소리와 성능이 좋지 않은 스피커에서 흘러나오는 무녀의 무가 때문에 밤새 엇나간 심정을 조금이나마 감추는 게 가능했다. 무녀들은 단오장에 모셔왔던 국사 성황을 환송하느라 바빴다. 단오제가 끝을 향해 치닫는다는 얘기였다. 오색 천을 매달아놓은 신목이 바람에 흔들렸다. 그 아래에는 국사 성황과 홍제동 여성황의 신위가 나란히 놓여 있었다.

"국사 서낭님, 그동안 즐겁게 보내셨습니까? 뭐 불편한 건 없으셨는지요? 내년에는 좀 더 정성껏 모시겠습니다!"

"성황 부부가 이제 조금 있으면 헤어지는 거지?" Y가 화해를 시도하려는 듯 그의 팔을 툭툭 치며 말을 걸었다.

"몰라."

"아는 게 뭐 있어?"

"없어."

"있잖아? 그거 하는 거."

"……."

"머리에 그 생각밖에 없잖아."

"맞아."

왜 성황 부부가 단오제 때만 빼고 대관령과 강릉 홍제동에 각기 집을 두고 떨어져 살아야 하는 걸까. 말 그대로 별거 부부인 셈이었다. 지키고 보호해야 할 지역이 다르기 때문에? 성황 부부의 속사정이 궁금했지만 그는 입을 다물었다. 영정 옆에 있는 호랑이를 타고 자기들끼리 몰래 만날지도 모른다는 말은 Y에게 건네지 않았다. 어찌 보면 남편 성황은 산에서 살고 아내 성황은 도시에서 사는 게 맞는 것 같다고 평소라면 주절거렸겠지만 역시 입을 다물었다. 어렵게 시간을 쪼개 서울에서 강릉까지 일부러 내려온 마당에 그렇게까지 행동할 필요가 있냐고 따지고 싶은 마음도 꾹 눌러버렸다. 말로는 금방이라도 때와 장소를 가리지 않고 만리장성을 쌓을 것처럼 떠들다가도 막상 닥치면 몸과 마음을 닫아버리는 Y였다. 섹스밖에 모르는 인간으로 몰아붙일 때 그의 자존심은 상할 대로 상해 있었다.

"화났지?"

"아냐."

"화났다고 얼굴에 쓰여 있는데 뭘!"

"……."

"여기가 강릉이다 보니까 결정적일 때 자꾸 당신 와이프가 떠올라. 어젯밤도 사실 그래서 몸도 마음도 안 따라준 거야."

“……”

“국사 서낭님, 그럼 내년 이맘 때 또 놀러 오십시오. 이제 바람 타고 구름 타고 대관령 아흔아홉 굽이 잘 올라가시고 아무쪼록 여기 모인 사람들 일 년 동안 아무 탈 없이 돈 잘 벌고 건강하게 해주십시오. 그리고 객지에 나가 있는 자식들도 하는 일마다 형통하게 도와주십시오. 아이고, 시장님 부탁 사항인데 깜박 잊을 뻔했습니다. 거 뭐냐, 원주 강릉 간 복선철도 공사도 얼른 시작되게 도와주시고 평창 동계올림픽 유치도 힘 좀 팍팍 써주십시오. 아슬아슬하게 벌써 두 번이나 떨어졌습니다.”

“당신은 안 빌어?”

“뭘?”

“오늘 밤 나랑 그거 하게 해달라고.”

대관령에서 내려온 바람이 남대천변의 굿당으로 슬며시 들어와 오색 천이 매달린 신목을 흔들었다. 늙은 무녀는 절을 하고 구경꾼들은 와아! 탄성을 내질렀다. 신이 그렇게 해주겠다고 응답을 한 거라 여기는 모양이었다. 굿당의 모든 무녀들도 절을 올렸고 구경꾼들도 비손을 했다. 절을 하는 여자들도 있었다. 집으로 돌아가려고 자리에서 일어나는 사람들도 있었다. 그는 Y와 자신의 신발을 두 손에 들고서 그 뒷모습을 묵묵히 바라보았다.

"지금 엉큼한 상상하고 있지?" 그의 눈길이 머물러 있는 곳을 확인한 Y가 비아냥거렸다.

"무슨 상상?"

"뒤에서 하는 거. 했지?"

"했어. 그런데?"

"거 봐. 그 생각밖에 안 하잖아. 근데 뒤에서 하는 게 좋아?"

"좋아."

"당신 와이프도 좋아했어?"

"좋아했어."

Y는 고개를 돌려 신발을 들고 있는 그의 눈을 뚫어지게 들여다봤다. 그는 무녀가 불붙인 소지가 재로 변해 허공으로 떠오르는 것을 멀뚱멀뚱 구경했다. 그러나 소지는 신목에 닿지 못하고 대기하고 있던 아르바이트생

의 진공청소기 속으로 속속 빨려들었다. 다행히 진공청소기를 벗어난 검은 재는 신목 주변을 맴돌며 조금씩 바스라지다가 바람에 실려 구경꾼들이 앉아 있는 곳으로 내려와 앉았다. 그는 Y의 집요한 눈길을 외면한 채 무릎 앞으로 날려 온, 아직 종이의 형상을 조금 간직하고 있는 재를 손가락으로 조심스럽게 건드렸다. 불에 태운 종이는 먼지처럼 가라앉았다가 바람에 쓸려갔다. Y의 눈길을 피해 다시 허공으로 시선을 돌리니 온통 검은 재들이 굿당의 천막 지붕 아래서 먹구름처럼 둥둥 떠다니고 있었다.

"내가 얄밉지? 강릉에 온 지 닷새나 됐는데 한 번 주지도 않고."

"아니, 괜찮아."

"나도 잘 모르겠어. 왜 이러는지."

"그럴 때도 있지 뭐."

"우리가 지금까지 당신 와이프 몰래 총 몇 번을 했을까?"

구경꾼들이 떠나간 굿당으로 바람만 설렁대며 돌아

다녔다. 그와 Y는 평상을 떠나지 않은 채 단오장에 빙 둘러 서 있는 사람들 너머로 타오르는 불길을 구경했다. 종이꽃이 불타고 있었다. 신목과 오색 천들이 하나의 불길에 휩싸였다. 사람들은 그 불을 향해 고개를 숙이고 손을 비볐다. 소매각시와 수염이 긴 양반광대의 모습도 보였다. 희거나 푸른 두루마기를 입은 제관과 헌관 들도 보였다. 그들 한가운데서 불은 검은 연기를 토해내며 타올랐다. 그는 휴대전화를 꺼내 시간을 확인했다. 불이 모두 타면 어둠이 내려올 시간이었다.

"모셔올 때는 극진하더니 보낼 때는 대단히 소홀한 것 같아. 다 끝났으니 알아서 성황당으로 돌아가란 건가?"

Y는 평상 위에서 신발을 신을까 말까 망설이는 듯했다.

"이제 우린 어디로 가지?"

"……모르겠어."

"우리도 헤어져야 하겠지."

"그래야겠지."

"좀 허망하네. 그걸 안 해서 그런가."

"굿을 한번 해야 돼."

"굿? 섹스가 아니고 굿?"

한꺼번에 단오장을 빠져나가는 사람들 물결이 남대천 다리를 가득 메웠다. 그들은 아주 천천히 다리를 건너갔다. 마치 답교놀이를 하듯. 대관령 정상엔 붉은 노을이 깔렸고 그것과 호흡을 맞추듯 가로등 불빛들이 남대천에서 어룽거렸다. 단오장에서 타올랐던 불은 굿에 사용된 종이꽃, 등, 용선龍船, 신위, 신목을 모두 태우고 꺼졌다. 구경꾼들이 떠나간 자리엔 재만 흩날렸다. 그와 Y는 단오장을 떠나지 않고 바람에 실려 나비처럼 팔랑거리는 재를 따라다녔다. 멀리서 보면 꼭 중요한 무엇인가를 잃어버린 사람들처럼. 점점 짙어지는 어둠을 어깨에 짊어진 채.

"나, 그냥 버스 타고 돌아갈까?"

"……데려다줄게."

"고마워. 내가 떠나면 쓸쓸하겠네."

"같이 쓸쓸하겠지."

"왠지…… 사라진 당신 와이프가 우리에게 주고 간 선물 같아. 정말 굿이라도 해야 하는 거 아냐?"

숨은 달

"사정을 마친 모양이네."

Y다운 상상력이었다. 다리 난간의 가로등 불빛에 드러난 바람 자루는 축 늘어져 있었다. Y는 그 바람 자루의 바람을 다 삼키기라도 한 듯 의자를 젖히고 눈을 감았다. 대관령의 강풍은 모두 어디로 사라졌는지 찾을 수 없었다. 골짜기를 건너는 다리들과 길고 짧은 터널 일곱 개를 모두 통과했지만 바람의 옷을 입고 있는 것은 보이지 않았다. 바람의 바통을 이어받은 건 대관령 중턱에서 피어나기 시작한 지독한 안개였다. 그는 대관령을 표현할 때 대부분 '지독한'이라는 수사를 붙이곤 했다.

"……지독한 안개네. 아직도 대관령?" 그의 마음을 읽었는지 잠에서 깨어난 Y가 중얼거렸다.

"대관령 서쪽."

"이렇게 대관령을 떠나는구나. 참, 까마귀와 비둘기

들은 잘 있을까?"

"가?"

"여기서 가까워?"

서울로 향하던 길을 바꿔 그는 안개 속에 오렌지색 가로등만 둥둥 떠 있는 횡계 나들목으로 차를 몰았다. 이정표도 숨어버린 안개 자욱한 길로 비상등을 깜박이며 조심스럽게 자동차를 진입시켰다. 안개는 습기를 촘촘하게 품은 목화 같았다. 계속해서 와이퍼로 앞 유리를 닦았지만 이내 다시 흐릿해졌다. 척척 달라붙는 안개 속으로 흰 자작나무들이 줄지어 나타났다가 사라졌다. 자작나무들은 대관령을 지키고 노래하는 시인들 같았다. 뒤이어 검은 전나무들이 입을 꽉 다문 호위병처럼 길 양편에 서서 자동차 불빛을 굽어보고 있었다. 그는 마른침을 삼켰다. 뒤이어 Y도 침을 삼키는 것 같았다. 강릉으로 놀러 갔다가 돌아온 성황 범일국사가 그동안 해이해진 기강을 잡고 있는 것처럼 느껴졌다. 그는 옛 대관령 하행휴게소의 안개 속에 자동차를 정지시켰다. 몸을 숨기듯 시동을 껐다. Y는 그 까닭을 묻지 않았다. 피곤한

듯 다시 눈을 감았다. 그도 의자를 뒤로 젖히고 눈을 감
은 채 중얼거렸다.

"조금만 자고 일어나자."

"……그래."

얼마나 잤는가. 닷새 동안 집에 들어가지 않고 Y와 함
께 단오장과 대관령을 쏘다녔지만 그는 아무런 답도 찾
지 못했다. 도리어 어깨와 목만 말할 수 없을 정도로 뻐
근할 뿐이었다. 잠에서 깨어났지만 여전히 안개 속이었
다. Y의 숨소리가 나직하게 들렸다. 그는 실내등을 켰
다. 자동차 유리창은 창호지를 바른 것처럼 뿌옇게 안개
를 껴입고 있어 바깥을 볼 수 없었고 바깥에서도 마찬가
지였다. 흐릿한 실내등 불빛에 비친 Y의 모습은 아름다
웠다. "자?" Y는 대답 대신 그에게로 고개를 돌렸다. 젖
가슴을 손바닥으로 감싸자 Y는 잠에 취한 목소리로 중
얼거렸다. "코끼리 몸속에 들어가 놀았어." Y의 젖꼭지
는 팽팽하게 부풀어 있었다. "누구랑?" "몰라. 잘 기억이
안 나. 국사 성황 같기도 하고……." "내가 아니었단 말
이지?" 그는 질투가 났다는 듯 Y의 치마 속으로 거칠게

손을 넣어 더듬었다. 그리고 소리쳤다. "이게 뭐야?" 그는 Y의 사타구니에서 손을 꺼내 불빛에 비쳐보고 코로 냄새를 맡았다. "정액이잖아! 팬티는 또 어디로 갔어?" Y는 치마 속에 팬티도 입지 않은 채였다. "팬티? 정액?" Y의 손이 다급하게 치마 속으로 들어갔다. 그는 손가락에 묻어 있는 끈끈한 액을 멍하니 들여다보았다. "팬티가 어디로 갔지?" "내가 자는 동안 대체 뭘 한 거야?" 손가락을 Y의 치마에 닦으며 소리쳤다. "나도 잤지!" "그럼 이건 뭐야?" "나도 몰라!" 그는 덜덜 떨리는 손으로 담배에 불을 붙였다. Y가 즉시 그 담배를 가져가 피웠다. 그는 새 담배에 불을 붙이고 창문을 조금 열었다. 짙은 안개가 기다렸다는 듯 꾸역꾸역 들어왔다. "지금 나를 의심하는 거야?" "설명이…… 안 되잖아." " 난 그냥 꿈을 꾸었단 말이야!" 불이 붙은 담배꽁초를 안개 속으로 던져버린 그는 눈을 동그랗게 떴다. "저건 뭐야? ……코끼리 아냐?" 그와 Y는 열린 창문으로 고개를 내밀고 휴게소 주차장의 자욱한 안개 속에서 천천히 걸어가고 있는 덩치 큰 짐승을 바라보았다. "코끼리 맞아?" 하지만 이어 등장한 징과 꽹과리 소리가 이내 코끼리에 대한 관심을 지워버렸다. 소리에 이어 안개 저편에서 무엇인가가 모습을 드러냈다. 시시딱딱이들이었다. 복장과 탈바가지는 같았지만 단오장의 관노 가면극에서 보던 모습과는 왠지 분위기가 다르다는 것을 알아차린 그는 손을 더듬어 실내등을 껐다. 술이나 약에 취한 듯 비틀거리는가 하면 덩치 또한 만만치 않아서 노인들이라고 단정하기 어려웠다. 그들은 무엇인가를 찾아 두리번거렸다. 이상한 기운을 감지한 그는 유리창을 올리고 자동차 키가 제자리에 있는지 확인했다. "저것들이 왜 여기서 돌아다니고 있지?" 그는 Y를 보며 작은 소리로 물었다. "내가 어떻게 알아! 빨리 서울로 출발해!" 하지만 자동차와 시시딱딱이들이 서성거리는 위치가 애매해 잠시 망설여야만 했다. 그 망설임을 놓치지 않고 시시딱딱이들이 두 사람이 탄 자동차를 손가락질했다. 시동을 걸었지만 비틀거리던 시시딱딱이들은 민첩했다. 한 명은 차의 앞을 가로막았고 다른 한 명이 험상궂은 탈을 유리창에 들이댄 채 문을 두드렸다. "빨리 가라니까!" 시시딱딱이가 손가락에 걸어놓고 빙빙 돌리는 팬티를 확인한 그는 유리창을 반 뼘쯤 내렸다. Y는 부들부들 떨었다. 시시딱딱이는 탈을 벗고 안을 들여다보았다. 탈을 벗어도 험상궂기는 마찬가지였다. "불 좀 빌립시다. 아, 어디 갔나 했더니 여기 있었구먼!" 시시딱딱이의 입에서 뿜어져 나오는 악취가 두 사람의 얼굴로 매연처럼 밀려왔다. "아가씨? 놀아주려면 공평하게 놀아줘야지. 왜 나만 빼놓는 거야?" Y가 비명을 내질렀고 그제야 그는 기어를 드라이브로 이동시켰지만 자동차는 꼼짝하지 않았다. 시동도 저절로 꺼져버렸다. 시시딱딱이가 우악스럽게 차 문을 열었다. 분명 모두 잠갔는데도 문이 열렸다. "아저씨는 저쪽에 가서 놀다 오쇼!" 그의 저항은 시시딱딱이에 의해 간단하게 무력화되었다. 지독한 안개와 다시 살아난 징과 꽹과리 소리에 Y의 비명은 묻혀버렸다. 시시딱딱이에게 끌려가면서 그는 안개 속으로 날아가는 살찐 까마귀를 보았다. 그 뒤를 재빨리 뒤쫓는 염주 비둘기도. 코끼리는 안개의 가시거리가 끝나는 곳에서 보였다가 사라지기를 되풀이했다. 그러나…… 끌려 나온 자동차에서 아무리 멀어져도, 안개가 쉬지 않고 꾸역꾸역 밀려와 사위를 가려도, 건장한 시시딱딱이가 새로 산 이불 위에서 Y를 희롱하는 모습만은 선명하게 보였다. 눈을 감아도. 그는 이 모든 걸, 사라진 아내가 꾸몄을 거라고 분해하다가 눈을 떴다.

"이제 그만 가야지." Y가 몹시 지친 표정으로 말했다.

"가야지." 식은땀으로 이마와 등덜미가 축축해진 그는 Y의 전신을 훑어보다가 코를 킁킁거렸다. "무슨, 냄새 안 나?"

"무슨 냄새?"

"……연탄가스 냄새 같은데." 그는 어둠과 안개가 자욱한, 그래서 거의 아무것도 보이지 않는 주변을 기침을 하며 둘러보았다. 겨우 기침이 멎자 돌멩이들이 굴러다니듯 머릿속이 지끈거리기 시작했다. "나…… 몸 상태가 안 좋은 것 같은데…… 강릉 가서 심야버스 타고 가면 안 돼?" 대답 대신 Y는 밭은기침만 쏟아냈다.

옛 대관령 휴게소 주차장을 가득 메운 안개는 불붙은 연탄들이 피워 올리는 연기처럼 보였다. 그는 쿨럭쿨럭

기침을 하며 차를 돌렸다. 전조등 불빛 속으로 잠든 차들의 뒷모습이 스쳐 지나갔다. 고갯마루를 넘어온 길로 접어들자 상향등을 켜고 악셀을 밟았다. 서울까지는 멀고 지루한 거리였다. 오른발에 더 힘을 주자 자동차는 이륙하듯 연탄가스 냄새가 진동하는 지상을 떠나 둥실 떠올랐다. 그는 씩 웃음을 흘렸다.

4

"……꽃이 피었겠네."

집으로 돌아와 일주일 내내 거의 잠만 자던 그녀가 잠꼬대를 하듯 처음으로 뱉어낸 말이었다. 간단한 요기를 하고 화장실을 드나든 것만 빼면 옹관묘 같은 솜이불 속에서 겨울잠을 청하는 작은 곰이나 다름없던 그녀였다. 이불을 둘러쓰고 앉아 상반신만 내놓은, 화장기 하나 없는 얼굴을 그는 물끄러미 바라보다가 그녀의 시선을 따라갔다. 거실의 유리창 밖에는 자잘한 햇살과 푸석푸석한 눈발이 공평하게 뒤섞여 내려오고 있었다. 그런데 꽃이라니? 그는 잘 읽히지 않는 책을 덮고 다시 그녀의 핼쑥한 얼굴로 눈을 돌렸다. 길고 깊었던 겨울잠에서 그녀가 막 깨어나려 한다는 걸 느낄 수 있었다.

"꽃이 피려면 아직 멀었어. 눈이라도 녹아야……."

벗어놓았던 양말을 이불 밑에서 찾아 신고 서둘러 외투를 걸치는 그녀는 그의 말 따위는 신경도 쓰지 않았다. 현기증 탓인지 자리에서 일어나 비틀거렸지만 부축을 하려는 그의 손길도 당연히 거부했다. 현관에서 신발을 신으려고 굽혔던 허리를 펴다가 다시 휘청했지만 용케 문손잡이를 잡아 쓰러지지 않았다. 지지난 해 겨울 초입에 예고 없이 집을 떠나 꼬박 일 년을 소식 없이 지내다가 다다음 해 이월의 끝자락에 역시 예고 없이 돌아왔으니 햇수로는 삼 년 동안의 가출인 셈이었다. 그러고도 모자라 무슨 시차 적응이라도 하듯 잠에 몰두하다 깨어나 다짜고짜 꽃을 찾아 나가다니……. 그는 플라스틱 바구니를 끌어당겨 양말의 제 짝을 찾다가 장판 위에다 모두 쏟아버렸다. 그게 그거 같았지만 막상 손에 들고 보면 그게 아니었다.

햇살 속에서 너풀거리는 눈은 봄날의 버드나무에서 날리는 꽃가루 같았다. 그러나 겨울도 아니고 봄도 아니었다. 대관령 자락에서 눈발이 날려 왔지만 땅에서는 눈석임물이 줄줄 흘러내렸다. 집에서 나온 신발 자국이 질척거리는 눈 위에 찍혀 있고 고개를 드니 무덤들이 모여 있는 양지바른 동산을 향해 무엇에 홀린 사람처럼 걸어가는 그녀가 보였다. 그곳은 키 작고 앙증맞은 꽃들이 봄날 가장 먼저 피어나는 곳이었다. 그는 그녀를 따라가는 것을 포기하고 대신 손차양을 만들어 동산을 살폈다. 꽃을 보려면 조금 더 있어야 했다. 그 사실을 그녀가 모르는 것도 아니었다. 헛간에서 괭이를 꺼내와 마당으로 눈석임물이 흘러들지 않도록 도랑을 만들며 그는 자주 뒷동산을 훔쳐보았다. 그녀는 동안거에 들어갔다가 나와 봄볕을 쬐는 비구니처럼 무덤 앞에 앉아 있었다. 마치 숨을 고르는 것 같았기에 그는 마른 입술을 적시려고 침을 끌어모아야 했다. 아직 꽃이 피지 않았지만 대관령

꼭대기에서 내려와 게으르게 날리는 눈발은 햇살에 밀려 현저하게 힘을 잃었다는 걸 분명하게 느낄 수 있었다. 그녀가 무릎에 가슴을 묻고 앉아 있는 동산의 뒤편, 대관령이라는 신전을 떠받치는 기둥 같은 다리의 거대한 교각들을 보며 그는 한숨을 흘렸다. 자그마한 웅덩이들에서 한 곳으로 모여든 눈 녹은 물은 흙탕물로 변해 개울로 콸콸 떨어지고 있었다. 그는 손바닥 위에 내려앉은 눈송이의 형체가 허물어져 한 방울의 물로 변하는 것을 오래 들여다보았다.

"이번 학기는 강릉에서만 강의가 있어. 논문을 쓰려고⋯⋯."

묻지도 않았지만 그는 그녀의 침묵에 어떤 답변을 해야 한다고 여겼다. 그래야만 그녀도 지난 일 년의 침묵을 스스로 풀어놓을 거란 생각이 들었다. 궁금했다. 그동안 그녀는 세상 어느 곳을, 무엇을 하며 돌아다녔을까. 누구를 만났으며. 하지만 그는 침을 삼키고 심호흡을 하며 목젖까지 올라온 그 질문들을 신물 삼키듯 억지로 눌러버렸다. 그 질문들은 그녀가 그에게 똑같이 되물을 수 있는 것들이기에. 그는 거실로 꺼내놓았던 넓은 상과 책들을 작은방으로 하나씩 도로 들여가며 주방을 정리하는 그녀의 뒷모습을 살폈다. 어지럽혀진 방을 정리하는 것을 시작으로 그녀는 다시 가사일에 손을 대고 있었다. 그러니 그도 거실에 마구잡이로 펼쳐놓았던 것들을 먼저 제자리로 돌려놓을 마음을 먹게 된 거였다. 두 번의 겨울을 난 지난 일 년 동안 집 이곳저곳에 아무렇게나 던져놓은 것들은 이루 헤아릴 수 없이 많을 터였다. 삼월이 되면서부터 눈이 내리는 것보다 눈 녹는 속도가 빨라지고 있으니 언제 어느 곳에서 그것들이 모습을 드러낼지 모른다는 생각이 들자 덩달아 마음도 화끈거렸다. 그녀가 일상으로 복귀한 이상 그도 서둘러 집 안팎을 정리해야만 했다. 물론…… 그런다고 마음속 깊은 곳의 어떤 응어리가 눈 녹듯 사라질 거란 희망을 품진 않았지만, 적어도 집 바깥 청소는 해두는 게 나쁘지는 않을 것 같았다. 마당 가장자리 눈 더미 속에 무엇이 파묻혀 있는지 알 수 없었기에.

"여기가 갑갑하면 이참에 강릉 시내로 나가서 살까?"

"수저에서 이상한 냄새가 나."

"무슨 냄새가 난다고 그래?"

끓는 물에 삶기까지 한 수저들을 마른 수건으로 닦다 말고 그녀는 코에 들이대며 계속 킁킁거렸다. 수저에서 냄새가 나다니. 그도 그녀를 따라 냄새를 맡다가 이내 수저통 속으로 던져버렸다. 그녀의 손길을 탄 수저와 그릇 들은 냄새는커녕 모처럼 반짝거리며 윤을 낼 뿐이었다. 그는 작은방으로 들어가 넓은 상 앞에 앉아 닫지 않은 문 너머로 그녀를 살폈다. 그녀는 그릇과 수저가 담긴 고무대야에 물을 붓고 다시 세제를 풀고 있었다. 그는 잘 읽히지 않는 두꺼운 책을 펼치고 창밖을 내다보았다. 해가 대관령을 넘어가는 중이라 그늘이 깊어지고 있었고 눈발은 여전히 꽃가루처럼 흩날렸다. 그는 알고 있었다. 집을 비웠던 지난 일 년 동안 이 집을 들락거리며 수저를 입에 넣고 빨았을 누군가의 냄새를 그녀가 찾고 있다는 것을. 그는 가만히 손을 뻗어 문을 닫았다.

"천천히 해. 몸살 나겠다."

"냉장고가 아니라 쓰레기장이야."

울타리 안쪽의 눈 더미를 치울 복장을 갖춘 그는 김치를 안주로 소주 몇 잔을 비웠다. 그녀는 냉장고 안으로 들어가기라도 할 듯 끙끙거렸다. 도와주려고 그가 손을 내밀었지만 그녀는 곧바로 등을 돌렸다. 대신에 그녀는 냉장고에서 꺼낸, 계란을 담아둔 반찬통을 열어 그의 앞으로 내밀었다. 썩은 계란에서 올라오는, 이루 헤아릴 수 없는 악취에 그는 숨을 멈추고 코를 막았다. 그것도 모자라 썩은 계란으로 가득한 통을 들고 집 밖으로 달려가야만 했다. 그동안 냉장고 문을 열면 피어나던 정체불명의 냄새와 전면적으로 맞대면을 하는 순간이었다. 계란을 든 채 그는 마당에서 잠시 머뭇거렸다. 어디에다 버릴 것인가. 마당의 눈 더미와 울타리 너머 눈 덮인 밭, 그리고 쓰레기 소각로로 눈길을 이동시켰다. 거무스름하게 변해가는 계란들에선 회색 곰팡이가 수북하게 피어 있었다. 계란 속에서 썩어가는 병아리까지 떠오르자 그는 더 이상 참지 못하고 녹슨 드럼통 소각로로 통째 던져버렸다.

산그늘이 짙어갈수록 눈발이 굵어졌다. 낮엔 녹고 밤

엔 집중적으로 내리는 게 삼월의 대관령 눈이었다. 그는 볼이 넓은 플라스틱 삽으로 지난겨울 내내 마당 구석으로 밀쳐놓은, 담 높이까지 올라간 눈 더미의 눈을 떠서 담 밖으로 던졌다. 낮 동안 녹은 눈은 물기가 많고 무거웠다. 겨울 내내 집 밖으로 던져버린 쓰레기와 술병들, 그리고 무수한 오줌 줄기를 받아들여 벌집처럼 보이기도 했던 눈 더미였다. 물론 그것들만 눈 속에 묻혀 있을 리 없었다. 그는 등덜미를 뜨끈하게 적시는 땀을 식히려 삽질을 멈췄다. 안 하던 삽질을 갑자기 하면 몸에 무리가 올 수 있었다. 그러면 저녁밥을 뜨기 무섭게 잠들어버릴 것이다. 긴 잠에서 그녀가 깨어난 첫날이니만큼 그럴 수는 없었다. 눈이야 매일 조금씩 치우면 문제될 게 없었다. 정작 문제는…… 다른 곳에 있었다. 그는 삽질을 하는 둥 마는 둥 하며 불빛이 흘러나오는 거실을 바라보았다. 그녀는 지난 일 년 동안 다른 남자와 잠자리를 가졌을까, 갖지 않았을까……. 눈 속으로 찔러 넣은 삽에 검게 변한 담배꽁초가 반쯤 들어차 있는 소주병이 눈과 함께 실려 나왔다. 여러 종류의 담배꽁초(립스

틱이 묻은 것도 있다)가 담겨 있는 병을 담 너머로 버렸다. 그 남자는, 남자들은 누구였을까. 그녀는 즐거웠을까. 행복했을까. 샛노란 오줌 줄기가 배어 있는 눈은 담을 넘지 못하고 도리어 그에게로 우수수 떨어졌다. 그는 삽을 내던지고 눈을 털었다. 호주머니에서 몇 날 며칠째 잠만 자고 있는 듯한 휴대전화를 꺼내 들여다보곤 다시 집어넣었다. 대관령 골짜기의 산과 산을 건너가는 고속도로의 다리 위로 노란 가로등이 어느새 불을 밝히고 있었다. 그녀는 그 자식에게 어떤 자세로 알몸을 보여줬을까. 그녀는…… 그 자식들에게…… 어떤 목소리로……. 그는 눈 녹은 물에 거실에서 흘러나온 불빛이 번들거리는 마당을 떠나 어둠이 고이기 시작하는 골짜기로 걸음을 옮겼다. 주먹을 쥔 오른손으로 쉬지 않고 왼손바닥을 퍽퍽 때리며.

너무 높아 눈발은 물론이고 비나 햇볕도 피할 수 없는 다리 밑 교각에 기대 그는 Y에게 세 번째로 전화를 걸었지만 받지 않았다. 벌써 두 달째였다. 하늘에 떠 있는 듯한 가로등 불빛이 그나마 눈송이를 품고 있어 쓸쓸함을 달랠 수 있었다. 그는 Y에게 걸었던 통화 기록을 모두 삭제했다. 눈송이는 점점 더 굵어졌다. 전화를 받지 않는 Y에게 왜 자꾸만 전화를 거는 건지 그 자신도 알 수 없었다. 허공에서 미아가 된 전파들이, 어떤 마음들이, 추위를 견디지 못하고 눈송이로 변해 내려오는 것만 같은 골짜기 다리 아래에서 그는 머리를 한껏 뒤로 젖히고 시린 눈송이를 맞으며 중얼거렸다.

"집 나갔던 아내가 돌아왔어⋯⋯. 근데 내게 말을 안 해."

세탁기 돌아가는 소리가 진동하는 밤이었다. 쌩쌩거리다가 덜덜거리고 또 털털대다가 텅텅거렸다. 그녀는, 눈이 내리고 한밤중임에도 이불 빨래를 하고 있었다. 양이 많아서 세 번 정도는 세탁기를 돌려야 할 것 같았다. 주방 옆 화장실에서 세탁기가 돌아가고 있었지만 온 집 안이 드르르 흔들리고 있어 그는 마치 딱따구리의 부리에 쪼이는 나무가 된 기분이었다. 영동지방에 봄을 시샘하는 대설주의보가 내려졌다는 텔레비전 보도를 들으려고 세탁기 소리에 따라 조금씩 볼륨을 키우고 줄여야만 했다. 그러거나 말거나 그녀는 탈수가 끝난 수건을 하나씩 소리 나게 털어 옷걸이에 걸었다. 자정이 되면 온 집 안이 세탁물로 덮이고 거기서 풍기는 냄새로 진동할 것 같았다. 그는 뉴스가 끝난 텔레비전 볼륨을 줄이고 그녀의 표정을 조심스럽게 살폈다. 때가 빠진 빨래처럼 해맑아지길 기다리며.

"그동안…… 어디에 가 있었어?"

그녀는 무슨 말이라도 할 듯 그에게로 고개를 돌렸다가 갑자기 방바닥으로 머리를 숙였다. 그녀의 얼굴이 점점 바닥으로 내려가다가 멈추더니 이번엔 오른손이 조심스럽게 이동했다. 그리고…… 그녀의 엄지와 집게손가락이 거실 바닥에서 무엇인가를 들어 올렸다. 그도 미간을 좁히며 그쪽으로 몸을 기울였다. 그것은 특이하게 생긴 털 한 오라기였다. 수건에서 떨어졌을. 손을 들어 형광등 불빛에 털을 이리저리 비춰보는 그녀의 눈빛이 흔들렸다. 볼도 조금씩 경련을 일으켰다. 그 음모陰毛는 마치 볼펜에 들어 있는 용수철을 조금 잡아 늘린 것처럼 심하게 꼬불꼬불했다.

"……왜?"

"내 것도 아니고 당신 것도 아냐."

"유전자 검사를 의뢰하지그래."

"이게 왜 여기 왔을까." 그녀의 안색이 저물녘 소나무 숲처럼 어두웠다.

"털에 발이 달린 모양이지." 일 년 만에 나누는 대화가 고작 이 모양이라니. 그는 작은방으로 건너가려고 자리에서 일어났다.

"역겨워."

방문턱을 채 넘어가지 못한 왼발 뒤꿈치에 그녀의 비수가 꽂혔지만 그는 간신히 쓰러지지 않았다. 대신 무슨 말인가를 하려고 입을 벌렸지만 천천히 다물었다.

외등 불빛 속으로 닭똥 같은 눈송이가 펑펑 쏟아지는 밤이었다. 그는 여전히 페이지를 넘기기 힘든 책 앞에 앉아 있었다. 세탁기 돌아가는 소리에 청소기 소음까지 더해진 밤이었다. 그녀는 수색견을 닮은 청소기를 끌고 집 안 구석구석에 숨어 있는 털이란 털은 모조리 찾아내려는 모양이었다. 그녀가 없었던 지난 일 년 동안 현관에서 신발을 벗고 집으로 들어왔던 사람은 당연히 한둘이 아니었다. 알게 모르게 그들이 흘리고 갔을 털을 놓고 그녀는 어떤 특정한 여자의 것으로 단정하고 있음이 분명했다. 그는 도통 무슨 뜻인지 이해하기 힘든 책을 밀쳐놓고 눈을 비볐다. Y가 이 집에 왔었던가? 와서 자고 갔던가……. 자면서 사타구니의 털들을 흘렸었나. Y의 사타구니 털이 볼펜 용수철처럼 꼬불꼬불했던가. 그는 고개를 가로저었다. 전혀 기억나지 않았다. 꿈속에서라면 또 모를까……. 세탁기와 청소기 소리는 그가 앉아 있는 작은방 문을 밀치고 곧 들이닥칠 듯 사나웠다. 도대체 논문을 쓰라는 거야, 말라는 거야. 창밖 외등 불빛 속의 눈송이들마저 부르르 몸을 떨고 있는 밤이었다. 하지만 그는 입을 다문 채 선방에 든 스님처럼 꼿꼿이 허리를 펴고 앉아 눈송이만 바라보았다. 청소기를 잡은 그녀가 모습을 드러내길 기다리며. 아무리 시끄럽다고 한들 먼저 자리를 털고 일어난다는 건 자존심이 허락하지 않았기에. 그는 밀쳐놓은 책을 다시 펼치고 두 눈을 부릅떴으나 발이 달리기라도 한 듯 글자들은 슬금슬금 달아나고 있었다.

요란한 소리와 함께 문이 마침내 열렸다.

"이 방도 청소를 해야겠어."

"내가 할게."

그녀는 문턱 앞에 서서 책과 프린트물이 널려 있는 방 안을 둘러보더니 한숨을 쉬었다. 문턱에 걸린 청소기가 비로소 잠잠해졌다. 그가 손짓으로 방바닥에 널려 있는 책들을 가리키며 얼마간의 시간이 필요함을 알렸다. 얼굴을 찡그린 채 청소기의 손잡이를 잡고 있던 그녀는 세탁기에서 빨래가 끝났다는 멜로디가 흘러나오자 비로소 등을 돌렸다. 물론 청소기 속으로 책들이 빨려들지는 않겠지만 그는 서둘러 책꽂이로 책을 돌려보내기 위해 자리에서 일어났다. 우두둑 소리가 피어나는 무릎을 주무르며 허리를 굽혀 책을 줍고 허리를 펴고서 눈을 돌렸다. 때가 되면 꽂혀 있던 자리로 스스로 되돌아가는 책이 있으면 좋겠다는 생각을 하며. 털들도.

"거치적거리니까 나가 있어."

"……책이나 복사물들은 가급적 건드리지 말았으면

좋겠어.”

초저녁 때처럼 그는 소주 반병을 비우고 마당으로 나왔다. 닭똥같이 퍼석퍼석했던 눈은 밤이 깊어가고 기온이 내려가자 알밤처럼 여물어 있었다. 눈이 많이 내릴 조짐이었다. 그는 눈 더미에 꽂은 삽 가득 눈을 떠서 담 너머로 던졌다. 삽날에 술병이나 휴대용 가스통이 걸리면 한 곳으로 모아놓았다. 지난겨울 동안, 아니 그녀가 사라졌던 일 년 동안 마신 술의 양이 갑자기 궁금했기 때문이었다. 울화가 치밀어 올랐을 때, 초저녁에 잠들었다가 깨어나 다시 잠들기 힘들었을 때, 종일 눈이 내릴 때, 책 속의 글자들이 모두 달아나 백지인 것처럼 느껴질 때, 공을 들였던 강의가 떨어져나갔을 때, 인간들에 대한 배신감이 봄날 비바람에 떨어지는 벚꽃 잎처럼 몰려올 때, 꽃이 피고 질 무렵 은근한 가려움증이 온몸으로 도질 때…… 그는 술잔을 잡았다. 눈 더미 속에는 그러니까 빈 술병만 묻혀 있는 게 아니었다. 욕정과 부질없는 희망, 눈물과 욕설, 한숨도 고스란히 묻혀 있었다. 때가 잔뜩 묻었으나 썩지 않은 채로. 그는 녹고 얼기를 반복해서 무거워진 눈을, 성벽의 돌처럼 삽으로 반듯한 각도로 떠서 버렸다. 술기운에 떠밀린 생각 같아선 어린 시절처럼 눈 더미 속으로 사람이 들어갈 수 있을 정도의 굴을 뚫고 싶기도 했지만 애써 참았다. 그 속에, 대면하기 힘든 무엇이 도사리고 있을지도 모른다는 두려움 탓이었다. 궁금했지만 막상 그것과 대면할 배짱이 없다는 걸, 또 어찌 보면 은근슬쩍 뒷걸음질치고 있다는 걸 그는 알고 있었다. 연락이 끊어진 Y와의 관계도 마찬가지였다. 시간을 내서 그녀의 집으로 찾아가려던 마음은 흐지부지 사그라지고 말았다. 그는 유리창을 통해 책 더미 속에서 청소기를 돌리고 있는 그녀를 훔쳐보며 고개를 끄덕였다. 그녀가 돌아왔으니…… 어쩌면 모든 게 제자리를 찾아간 건지도 모를 일이었다. 당분간은 논문에나 몰두하며 갑자기 찾아온 평화를 즐겨도 될 것 같았다. 팽팽한 바람의 시간은 또 찾아오기 마련이었다. Y와의 관계는 그때 다시 생각해도 괜찮았다. 그는 목장갑의 손바닥에 침을 퉤퉤 뱉어 비빈 뒤 삽자루를 잡은 두 손에 힘을 실었다. 그리고 성벽의 돌을 하나하나 옮기

듯 눈을 떠서 담 너머로 던졌다. 쏟아지는 눈발을 맞으며. 등과 겨드랑이, 사타구니를 땀으로 적시며.

자정이 가까워져서야 세탁기와 청소기가 입을 다물었다. 덕분에 그는 마당가에 쌓여 있던 눈 더미를 모두 담 밖으로 치울 수 있었다. 눈이 사라진 담 밑엔 눈 속에 파묻혀 있던 술병들이 자리를 잡았다. 가지런히 누워 마치 피라미드 모양의 탑을 쌓듯이. 그 탑의 꼭대기는 거의 담 위까지 육박하고 있었다. 그녀는 외등 불빛 속에서 눈을 맞고 있는, 그가 제법 공들여 쌓은 술병들을 좀 한심하다는 눈으로 바라보았다. 그녀는 찻잔을, 그는 술잔을 잡고 있는 밤이었다.

"……고마워."

"저렇게 술을 마셔댔으니 강의를 줄 리가 없지." 그녀는 여전히 그와 대화 채널을 맞추지 않았다.

"강의는…… 다른 문제야. 알다시피 술은 내가 원래 즐기는 편이잖아."

"욕실 수챗구멍에 걸려 있는, 긴 머리카락 주인들과 마셨겠지."

사타구니 털에서 겨우 머리카락까지밖에 그녀의 시선이 이동하지 않았다는 사실에 그는 쓴 술을 들이켰다. 생각 같아선 세상의 모든 털을 불태워버리고 싶었다.

"털은 발이 달려 있어서 스스로 세상을 떠돌다가 마지막엔 수챗구멍에 걸리게 마련이야. 아이고! 오랜만에 삽질을 했더니 온몸이 욱신거린다."

"난 머리가 지끈거려." 그는 그녀의 말에 코를 킁킁거렸다. 욕실에서 새어나왔을 독한 소독제 냄새가 거실을 떠돌고 있었다.

"……미안해."

"눈 참 지겹다."

외등을 끌까 생각했지만 그는 이내 포기했다. 술병으로 만든 피라미드 모양의 탑에 눈이 쌓이고 있었다. 그는 아직 알 수 없었다. 그녀가 집으로 들어온 분명한 까닭을. 무엇을 더 단단하게 쌓고 또 무엇을 허물어버렸는지를. 담장 밖을 서성이는 듯한 말만 가지곤 아무런 그림도 떠오르지 않았다. 그나마 겨우 알아낸 게 있다면 바로 그녀의 달라진 말이었다. 날카롭지만 이어지지 않는, 분명 집 안 어느 한 구석의 부패한 곳을 향하고 있는 것 같은데 다시 들여다보면 어느새 대문 밖으로 쓱 사라져버리는 그런 말. 말과 그 뜻이 서로 다른 곳을 보고 있다는 느낌에서 그는 쉽사리 헤어나지 못했다. 그러니까 그녀는 그에게 지난 일 년 동안 단련한 자신의 패를 쉽게 꺼내놓지 않고 있었다. 이거는 이렇고, 저거는 저렇다고. 물론 그것은 그 역시 마찬가지였다. 그는 어깨와 허리를 수시로 주무르며 술잔을 비웠다. 그사이, 다른 지역에서는 분명 폭설이라고 호들갑을 떨 만한 눈이 눈석임물이 흐르던 마당을 빠르게 덮어가고 있었다. 그는 담장 옆의 빈 술병들이 만든 삼각형과 그 옆 앙상한 가지를 드러내고 있는 목련나무를 보며 그녀 몰래 짧은 한숨을 내뱉었다.

"피곤할 텐데…… 그만 잘까?" 말을 꺼내놓고 보니 우스웠다. 일주일을 내리 잠에 몰두했던 그녀에게 잠을 자자고 청하다니. 그러나 그 말과 함께 그의 사타구니는 조금씩 부풀어 오르고 있었다. 꼬여 있는 털을 뽑아낼 듯이.

"밤새 눈이 내리면 마당에 무덤이 하나 생기겠어." 술병들을 보고 하는 말이었다.

"술 한잔 하든지."

"취하게 해놓고 뭘 하려고?"

"뭘 하긴……."

그는 집 안 곳곳에 걸려 있는 이불 홑청과 베갯잇, 수건 들을 둘러보았다. 아내가 돌아왔다는 사실을 실감할 수 있는 풍경이었다. 그러고 보니 지난 일 년 동안 한 번도 이불을 빨지 않았다는 사실도 깨달았다. 베갯잇도. 집 안에 있는 모든 것들에게서 윤기가 흐르고 있음을 눈치챈 그는 빈 잔에 술을 따라 그녀 앞으로 내밀었다. 그녀는 세탁기에서 꺼낸 마지막 빨래를 옆으로 밀쳐놓고 술잔을 가만히 내려다보았다. 술잔이 그녀의 입술을 적셨다. 그는 안도의 숨을 내쉬었다.

"나는 당신이 어디 절에 들어가 있을 거라고 생각했었어."

"내가 스님이야?"

"해외로 나간 건 아닐까…… 인도나 티베트 같은

곳…… 그런 생각도 했었어."

"행복한 소리 하고 있네."

"어딘가에 숨어서 이 집을, 나를 지켜볼지도 모른다는 생각이 들 땐 두렵기도 했고."

"내가 왜 숨어서 당신을 지켜봐! 시간이 남아도는 것도 아닌데."

"그럼 대체 어디에 있었던 거야?"

"나도 몰라. 기억이 나지 않아."

그는 술잔을 만지작거리며 머릿속에서 부글거리는, 말이 되어 입 밖으로 빠져나오려고 다투는 상상들을 지그시 눌러버렸다. 한증막에 들어간 것처럼 이마에 땀이 촘촘하게 잡혔다. 넓고 둥근 외등 불빛 속을 채우는 눈송이도 촘촘했다. 수령 오십 년은 된 듯한 목련나무가 한꺼번에 꽃을 피운 것 같았다. 그는 주방으로 가 냉수 한 컵을 들이켰다. 그제야 낯선 남자와 엉켜 있는 그녀의 벌거벗은 몸이 스르르 사라졌다. 술잔 앞으로 돌아오다가 그는 벽에 걸린 대형 거울을 애써 외면했다.

"어쩌나. 삼월을 다 덮어버리겠네." 그녀의 얼굴이 안

타까움에 덮여 있었다.

"삼월 눈은 무섭게 내리지만 녹는 것도 빠르잖아."

"이제 막 피어나려고 애를 쓰는 꽃들이 다 얼어버릴 거야."

"스스로 잘 조절할 거야. 따스하면 뿌리에서 물을 빨아올리다가 날이 추우면 딱 멈추는 게 식물이거든."

"그래? 그럼 그년은 지금 뭐하고 있어? 쉬고 있나?"

그녀에게 Y는 그년이었다.

"……이제 연락하지 않아."

"날이 풀리면 연락하겠네?"

"그럴 일은 없을 거야. 당신은 그동안 어디에 가 있었는데?"

"내가 어디에 가 있었느냐가 중요한 일이야? 왜 집을 나갔느냐가 중요한 게 아니고?"

눈송이는 불꽃놀이를 하듯 쉬지 않고 외등 불빛 속으로 쏟아졌다. 아침이 되면 길도 집도 모두 눈 속에 파묻힐 것 같았다. 집에서 사는 사람들도 당연히. 거기까지 생각이 다다르자 그는 왠지 마음이 푸근해졌다. 그와 그녀는 숨을 고르며 마당으로 내리는 눈송이에서 시선을 돌리지 않았다. 빈 술병들의 탑도 빠르게 키를 키우는 눈 탓인지 시퍼렇던 위세를 잃어가고 있었다. 그는 천천히 고개를 끄덕였다. 그녀의 말이 맞았다. 그는 어떻게 해서라도 '왜?'라는 거울에서 몇 발자국 떨어져 있거나 눈을 마주치지 않으려고 했다. 그렇게 어물쩍 넘어가 아무렇지 않게 원래 자리로 돌아가려 했다. 새벽 두 시를 넘어가는 시곗바늘을 보며 그는 비로소 그녀에게 어디에 가 있었냐고 묻지 않은 채 투항 의사를 내비치기로 마음먹었다.

"……치졸한 변명이라 여기겠지만, 한 시절 지나간 바람이라고 생각해줘."

"일 년 동안 집 나간 보람이 있네." 그녀의 표정은 쓸쓸했다.

"마음 아프게 해서 미안해." 그가 내민 손을 그녀는 물끄러미 바라보기만 했다.

"자루 속으로 수시로 드나드는 게 바람이란 거겠지."

"가정을 지켜야지. 가면 어딜 가겠어." 그는 술술 흘러

나오는 낯간지러운 자신의 말을 들여다보려고 술잔을
비웠다.

"그럼 집은 당신이 지키고 이젠 내가 바람 속으로 들
어가면 되겠네!"

"진심이야?"

"응. 아, 취한다! 눈 구경 가야겠다."

길은 종아리까지 차오른 눈에 덮여 당연히 보이지 않
았다. 외등 불빛의 영역에서 벗어나면서부터 그가 들고
있는 손전등이 그녀의 앞을 비췄다. 그녀는 낮에 꽃을
찾아갔던 동산으로 방향을 잡았다. 그녀의 뒤를 따라가
면서 그는 창피한 마음에 자꾸만 비틀거렸다. 가정을 지
키겠다니! 가면 어딜 가겠느냐고 말하다니. 마음이야 그
렇다고 하더라도 그로서는 정말 그녀에게 하고 싶지 않
은 말이었다. 고작 세상 사내들이 내뱉는, 뻔하고 촌스
러운 말을 똑같이 중얼거렸다는 사실에 화가 치밀었다.
그러거나 말거나 작은 동산 아래에서 그녀는 그가 들고
있던 손전등으로 이곳저곳을 비춰보느라 바빴다. 소나
무 가지에 쌓인 눈. 둥근 묘를 덮은 눈과 그곳으로 가는

하얀 산길. 그리고…… 대관령 골짜기를 가로지르는 높고 긴 다리를. 긴 기둥이 된 손전등 불빛은 다리의 교각을, 상판을, 바람벽을, 바람주머니를 차례로 훑어나갔다. 두툼한 눈송이는 그 빛기둥 속을 빽빽하게 채우고 있었다. 그는 눈을 뭉쳐 던졌지만 흔적도 없이 사라졌다

"나는 대관령에 새로 생긴 저 거대한 다리들이 싫었어." 손전등의 기다란 빛기둥이 천천히 다리의 난간을 왼쪽에서 오른쪽으로 훑어나갔다.

"왜?" 삭이지 못한 화 때문에 그는 시린 손으로 눈을 뭉쳤다. 삼월의 눈에는 물기가 많았다.

"당신을 그년한테 훨씬 빨리 데려다준다고 생각했거든." 고속도로의 서쪽 끝에서 살고 있는 Y도 잠을 못 이루고 있을 것 같았다. 그는 뭉친 눈을 다리를 향해 던졌지만 어림도 없었다.

"한때는 저 다리가 무너져버렸으면 좋겠다고 중얼거리기도 했어." 중얼거리기만 한 게 아니라 기도까지 드린 듯한 그녀의 표정을 그는 훔쳐보았다, 눈을 뭉치며.

"감기 걸리겠다. 그만 가자."

"그런데…… 언젠가 이런 생각이 들었어. 아, 내가 저 다리를 건너갈 수도 있겠구나."

"……."

그와 그녀는 작은 담요를 뒤집어쓰고 치우지 않은 술자리 앞에 다시 앉았다. 그는 엉덩이 밑으로 손을 넣어 녹였고 그녀는 본격적으로 술잔을 채웠다가 비웠다. 외등 불빛이 사라진 마당으로는 더 이상 목련꽃 같은 함박눈이 보이지 않았다. 밤눈은 마치 외등을 켜야만 그때 비로소 내리는 것 같았다. 그는 강설의 풍경이 사라진 유리창 화면을 멍하니 들여다보았다. 무릎을 껴안은 그녀가 고개를 숙인 채 무슨 생각인가에 골똘히 잠겨 있는, 새벽 세 시 반으로 흘러가는 검은 화면을.

"외등 다시 켤까?"

"……눈도 쉴 시간을 줘야지."

그는 그녀가 말한 눈이 무엇일까 생각하며 두 사람의 어두운 형체가 들어 있는 거실의 유리창에서 눈을 떼지 않았다. 졸음이 밀려오고 있었지만 잠들지 않은 그녀보다 먼저 눕는다는 것은 자존심이 허락하지 않았다. 더욱이 그는 아직 그녀의 말을 듣지 못한 상태였다. 집으로 돌아온 그녀의 청사진이 과연 무엇인지. 그는 우두둑 소리가 나는 무릎관절을 펴고 일어났다. 심야의 클래식이 흐르는 라디오를 틀고 지난가을의 노란 돌배들이 담겨 있는 술 단지를 껴안고 왔다.

"눈 내리는 걸 보며…… 우리가 얼마를 같이 살았지?"

그녀의 시선은 고개 숙인 생각 속에 여전히 잠겨 있었다.

"……이제 십 년."

"많이 본 걸까, 적게 본 걸까?"

"……십 년을 본 거지."

술 단지 속에서 흘러나온 돌배 한 알이 주전자로 들어가지 않고 상 위를 구르다 장판으로 떨어졌다. 그녀의 시선이 술을 흘리며 굴러가는 돌배를 따라 천천히 움직였다. 그는 두 손으로 잡았던 술 단지를 놓고 돌배를 잡았다. 시큼한 돌배 냄새와 술 냄새가 와락 달려들었다. 그녀가 손을 내밀었다. 돌배는 그녀의 엄지와 검지 사이에서 술 방울을 떨어뜨렸다. 그녀는 몹시 실 게 분명한 돌배를 입으로 깨물었다. 그의 입속으로 침이 샘솟았다. 그녀는 씹던 돌배를 삼키고 입을 열었다.

"이렇게 계속 살 수 있을까……."

"이렇게라니?" 그는 서둘러 침을 삼켰다.

"……마음 없이." 그녀는 뒤늦게 시린 기운이 몰려온 듯 눈을 찡그렸다. 사랑이나 정이 없다는 말을 그 덕에 간신히 바꿔놓은 것처럼.

"……어쩌면 다들 그렇게 사는 게 아닐까. 영원한 건 없잖아."

"믿음 없이."

"……아기를 갖는 건 어떨까."

"아기."

그녀가 밭은 기침을 토해냈다. 돌배 부스러기가 입에서 튀어나왔다. 그는 검은 유리창을 바라보았다. 안이 환하니 바깥이 보이지 않았다. 더군다나 밖에서는 누군가의 기침도 없는지 눈송이 하나 창을 뚫고 들어오지 않았다. 피곤한 눈을 문지르고 그는 장판에 떨어진 돌배 부스러기들을 휴지로 훔쳤다. 그녀의 얼굴은 발갛게 달아올라 있었다. 그 열기가 식기를 기다리며 그는 술을 마셨다. 취하지 않도록 조금씩. 물과 함께. 거실의 불을 끄면 유리창 너머로 내리는 눈이 보이지 않을까 상상하며. 연결 고리가 삭아가는 두 사람에게 아기는 작은 의지가 될 수 있다는 게, 새로이 생겨난 그의 믿음이었다. 그와 그녀 사이에 십 년 전의 휘황찬란했던 사랑의 불꽃이 십 년 후에 다시 피어나리란 희망은 사실 무모해 보였기에. 그는 한숨과 함께 검은 유리창을 바라보았다. 거실의 불을 끄고 외등을 켤까 말까 망설이며.

"알고 싶은 게 있어. 대답하기 싫으면 하지 않아도 돼. 내가 없는 동안…… 다른 여자랑 잔 적 있어?"

달아올랐던 그녀의 얼굴은 원래대로 돌아와 있었다. 그는 힘겹게 자리에서 일어나 외등을 켜고 실내등을 껐다. 자리에 앉아 술 한 잔을 삼켰다. 그녀의 표정은 차분했다. 눈은 그치지 않고 있었다. 바람 없이 내리는 폭설이었다.

"같은 질문에 당신도 대답한다면 나도 대답할게."

이번엔 그녀가 술잔을 비웠다. 그리고 단호하게 고개

를 끄덕였다.

"……잠깐만. 눈 내리는 것 좀 보고."

"그래……."

그도 두 팔을 무릎에 겹쳐 올리고 그 위에 턱을 괴었다. 커다란 유리창은 두 사람이 함께 살아온 지난 십 년 동안의 강설을 하이라이트로 보여주는 듯했다. 눈이 쌓이는 술병들의 탑은 어른 사타구니 근처까지 키를 키웠다. 그는 마치 자신이 눈 속에 벌거벗은 나신을 담그고 있는 듯 잠시 몸을 떨었다. 애초 아이를 갖지 않기로 한 것은 의견 일치를 본 일이었다. 여러 이유가 있었는데 종합한다면 미래에 대한 어떤 불안 때문이었다. 그것이 과장된 예측이었다는 것을 눈치챘을 땐 이미 타성에 젖어버린 눈이 오금을 덮은 뒤였다. 어쩌면 그즈음부터 그의 눈이 슬금슬금 다른 곳을 바라보기 시작했을 것이다. 그렇다면 그녀는? 그녀는 그의 눈길에도 아랑곳없이 술잔을 만지작거리며 밤눈 내리는 화면에 몰두했다. 흰 눈을 닮은 수백 송이의 목련이 마당에서 피고 지는 장면을. 그는 그녀가 예고도 없이 사라졌던 지난 일 년 동안의 일들을 빠르게 되돌렸다. 목련을 닮은 눈송이들은 지상을 떠나 허공으로 되돌아가고 있었다. 그녀가 아닌, 잠을 잔 적이 있는 다른 여자를 찾아서. 그는 연락이 끊긴 Y를 떠올렸다. Y와 나는 과연 잠을 잤을까. 그녀처럼, Y는 왜 예고도 없이 연락을 끊어버린 걸까, 무엇을 예감한 것일까, Y는. 다른 남자가 나타난 걸까. 그는 술잔으로 향하던 손길을 거두고 다시 그녀를 훔쳐보았다. 그녀는 다른 남자와 잤을까. 만약 잤다고 말한다면? 일 년 동안 다른 남자들과 연애를 했다고 말한다면? 창밖의 눈은 다시 세차게 지상으로 쏟아지고 있었다. 삼월의 폭설임이 틀림없었다. 그런데…… 혹시…… 저 밤눈은 두 사람이 잠들지 못하고 있는 이 집 마당에만 내리고 있는 것은 아닐까. 다른 집들의 하늘엔 별이 총총한 건 아닐까. 그리고…… 내가…… 다른 여자와 잤다고 말하면…… 그녀는 어떤 행동을 할까. 뒷산 어딘가에서 눈의 무게를 이기지 못한 소나무 가지가 부러지는 소리가 들려왔다. 그와 그녀는 아주 오래된 것만 같은 침묵에서 깨어나 서로의 얼굴을 바라보았다. 졸음과 피로, 술기운이 골고루 배합된 표정을 거울인 듯 살폈다. 그는 하품을 참으려고 손바닥으로 입을 가렸다.

"내가 다른 여자와 잤다고 대답하면 어떻게 할 거야?"

"글쎄……."

"이기적이라고 욕하겠지만 난 우리 관계가 여기서 끝나는 걸 원치 않아."

"그동안 내가 다른 남자와 잤다면?"

"솔직히 고통스럽겠지만…… 내가 저지른 일도 있으니……."

"나는 잤어. 당신은?"

"……안 잤어. 그럴 뻔했던 적은 있지만."

"당신답지 않게 왜 그런 바보짓을 했어?"

쿵덕거리는 속내를 진정시키지도 못하고 그가 대답을 찾아 창밖의 눈송이 사이를 떠돌다 돌아왔을 때 그녀는 앉은자리에서 옆으로 쓰러져 잠들어 있었다. 베개를 찾아 받쳐주고 그는 소리 나지 않게 마당으로 나갔다. 거실에서 보던 눈과는 전혀 다른 눈이 내리고 있어 한참 밤하늘을 올려다보았다. 불이 붙은 담배를 입에 문 채. 담배는 진정되지 않는 그의 속내를 드러내듯 부르르 떨렸다. 사실일까, 다른 남자와 잤다는 그녀의 말이. 그는 눈과 침에 젖은, 다 피우지 못한 담배를 뱉어버리고 바지의 지퍼를 내렸다. 눈이 너무 내려 현관에서 마당으로 내려가지 않고 오줌을 눴다. 성기에 붙어 있는 구불고불한 털 몇 오라기를 손가락으로 떼어내며. 그녀의 말은 거짓말이 분명하다고, 마음에 종주먹을 들이대며 오줌방울을 털었다. 깜박했으면 그녀의 꾀에 넘어갈 뻔했다고 자위하며 안도의 숨을 쉬었다. 신발 앞의 오줌 구멍은 쏟아지는 눈발에 이내 자취를 감췄다. 술을 마셔서 색깔도 노랗지 않았다. 그는 사라지는 오줌 구멍을 내려다보다가 고개를 저었다. 정말 잤을지도 몰라. 자그마치 일 년이라는 시간이 있었잖아. 자지 못할 까닭이 없잖아. 그의 의심을 지지라도 하듯 다시 뒷산 어딘가에서 소나무 생가지 부러지는 소리가 쩌억 골짜기를 울렸다. 그는 집으로 들어가지 못하고 현관 처마 밑에 쪼그리고 앉아 새 담배에 불을 붙였다. 바지 주머니 속의 휴대전화는 손가락 사이에서 떨리는 담배처럼 사타구니와 허벅지 사이에서 진동했다. Y의 전화였다.

Y는 전화기 속에서 울고만 있었다. 그의 물음에는 대꾸도 없이. 그는 그녀가 쓰러져 자고 있는, 현관 너머의 거실이 신경 쓰여 휴대전화를 귀에 댄 채 무릎까지 빠지는 마당의 눈 속으로 들어갔다. 양말을 신지 않은 맨발로 싸늘한 눈의 감촉이 전해졌다. Y는 계속 울기만 했다. 그는 신발로 눈을 다져 서 있을 자리를 만들었다. 한쪽 발로 서서 다른 쪽 발과 신발에 묻은 눈을 털었다. 눈속으로 처박히지 않으려고 애를 썼다. 왜 우는 거야? 말좀 해봐. 그동안 왜 연락이 없었어? Y의 울음은 진눈깨비처럼 그의 볼을 타고 흘러내렸다. 남쪽 땅을…… 정처없이 떠돌고 있어. Y는 많이 취한 것 같았다. 밤새, 아니며칠째 술을 마시고 있다는 느낌이 들었다. 왜 우는 거냐고? 말을 해야 알지. 진눈깨비에서 눈석임물로 변한 Y의 울음은 그치지 않았다. 뒷산에서 다시 소나무 부러지는 소리가 내려왔다. 생살이 찢어지는 듯한 비명이. 병원에…… 갔다 왔어. 그의 가슴이 덜컥 내려앉았다. 입속의 침이 빠르게 말라가고 있었다. 눈 쌓인 소나

무 가지가 부러지는 게 아니라 아름드리 줄기가 꺾여나가는 환영이 사라지지 않았다. Y의 울음소리는 점점 가라앉더니 흐느낌으로 변해갔다. 떨리는 손으로 새 담배에 불을 붙일 때 눈 한 송이가 총알처럼 그의 눈동자를 때렸다. 그 암흑 속에서 아기의 울음소리가 푸연처럼 피어나고 있었다. 그는 무릎을 꺾고 눈 속으로 주저앉았다. 남쪽 땅, 어느 모텔 방에 홀로 앉아 있을 Y를 생각하며 눈에 머리를 처박았다.

"어딜 갔다 온 거야?" 그녀는 깨어나 있었다.

"몰골이 왜 그래?"

"……담배 피우다 눈에 미끄러져 넘어졌어."

"조심하지. 무슨…… 소리야?"

"소나무 부러지는 소리."

"울었어? 내가 다른 남자와 잤다고?"

"머리에 묻은…… 눈이 녹은 거야."

외등 불빛이 엷어지고 있었다. 그는 무엇에 쫓기는 사람처럼 술을 비웠다. 닭이 울기 전에 술 단지의 술을 모두 비워야 꿈꾸던 다른 모습으로 변하기라도 하듯. 손이 떨리는 것을 감추기 위해 두 손으로 술잔을 잡았고 거실 바닥으로 구르는 돌배도 더 이상 줍지 않았다. 집의 천장과 지붕이 갑자기 사라진 것 같아 깜짝 놀라 머리를 젖혔지만 어디에서도 눈송이는 찾을 수 없었다. 보이는 것은 벽지의 낡아가는 꽃들뿐이었다. 하지만 그의 두 눈에서 흐르는 눈물은 그치지 않았다.

"이리 와." 그녀가 그에게 옆자리를 가리켰다. 그는 고개를 저었다.

"와." 그는 앉은걸음으로 술잔을 밀며 그녀 옆으로 갔다.

어둠이 대관령 골짜기를 빠져나가고 있었다. 담요로 무릎을 덮은 그와 그녀는 벽에 기댄 채 새벽의 푸른 강설을 지켜보았다. 그는 그녀 몰래 오른쪽 바지 주머니 속에 넣어둔 휴대전화의 전원을 껐다. 그의 어깨에 기댄 그녀의 어깨에서 따스한 온기가 건너왔다. 그는 담요 속으로 손을 뻗어 그녀의 허벅지를 쓰다듬었다. 잠깐 움찔했지만 그녀는 그의 손길을 거부하지 않았다. 외등 불빛은 점점 빛을 잃어갔다. 바지를 입고 있었지만 그녀의 허벅지는 어깨보다 더 따스했다. 그는 눈 속에 빠졌던 맨발에 와 닿았던 눈의 감촉을 떠올렸다. 길고 깊었던 밤이 마침내 끝이 나는 것 같았다. 힘들겠지만 Y는 모든 걸 잘 이겨낼 거라는 믿음이 들었다. 홀로 남쪽으로 떠나 일을 처리한 것만 봐도 알 수 있었다. 그는 허벅지에 올려놓은 손을 어디로 옮길까 궁리했다. 창밖으론 외등 너머의 풍경이 서서히 모습을 드러내고 있었다. 생의 한 고비를 무사히 넘어섰다는 생각에 그는 안도했다. 그의 손은 그녀의 사타구니 쪽을 향해 올라갔다. 그곳에서 기다리고 있던 그녀의 손이 그의 손을 잡았다.

"내가 다른 남자와 잔 거, 정말 아무렇지 않아?"

"……힘들어."

"눈 정말 많이 내렸다……."

"해가 뜨면 금방 녹을 거야."

"꽃도 다시 피겠지."

"곧 봄이 올 거니까, 당연히 필 거야."

"내가 정말 다른 남자랑 잤다고 믿어?"

"……아니. 이제 그런 이야기 그만하자."

그는 그녀의 손을 밀치고 볼록한 사타구니를 쓰다듬
었다. 바지 지퍼를 내리려고 했지만 생각대로 잘 되지
않았다. 순서를 바꿔 손을 그녀의 가슴으로 가져갔다.
하지만 자세 때문에 브래지어를 푸는 것도 여의치 않았
다. 그는 도움을 요청하는 눈빛으로 그녀를 보았다. 그
녀는 희붐하게 변해가는 바깥을 보고 있었는데 어쩌면
더 먼 곳을 바라보는 것 같았다. 더 먼 곳에 있는 다른
사내를. 다급해진 그는 담요 속으로 얼굴을 디밀고 들어
갔다. 골짜기에서 소나무 부러지는 소리가 내려왔다.

"나름…… 괜찮았어. 색다르던데."

굶주린 아기처럼 그녀의 젖을, 그는 빨았다.

"오랜만에 흥분되기도 하고."

그녀의 바지와 팬티를 함께 벗겼다. 양말은 내버려두
었다.

"이래서 당신도 다른 여자를 품는구나……."

그는 거칠게 그녀의 속으로 들어갔다.

"……돌아가기로 마음먹었던 시간이 너무 많이 남아
서, 벚꽃이 분분히 떨어지는 날 병원에 가서 아기도 지

워버렸어. 섬진강 어느 자락에 있는 도시였지, 아마.”

소나무들이 뿌리째 뽑히거나 부러지는 소리로 요란한 아침이었다. 그는 그녀의 안에다가 사정을 하려고 악을 썼다.

“이렇게 봄눈도 푸지게 내렸으니…… 우린 아마 앞으로 잘 살 수 있을 것 같아. 안 그래?”

“……그래.”

“모르겠어. 지난 일 년 동안 어디에 가서 무얼 하며 지냈는지…… 아무것도 기억나지 않아.”

그는 입술을 악다문 채 그녀의 가슴에 얼굴을 파묻었다. 마치 눈 속인 것처럼 차가웠다.

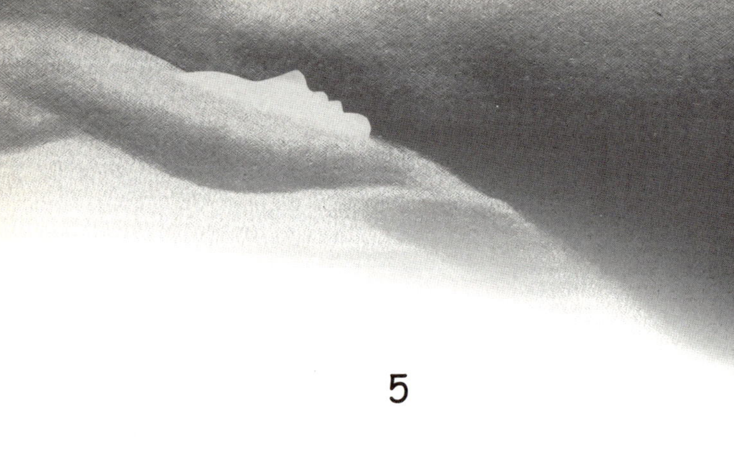

5

　그는 가마골 안쪽 깊은 곳에서 등에 진 불룩한 배낭의 끈을 조였다. 낡은 아스팔트 길은 이웃하던 개울과 작별하고 산자락을 따라 크게 휘어지고 있었다. 대관령 고갯길이 시작되는 지점이었다. 앞서가는 두 여자의 옷차림은 단풍처럼 화사했다. 그 너머, 꽃망울을 터뜨린 아름드리 산벚나무 역시 마찬가지였다. 그는 그 꽃그늘을 향해 걸어가는 두 여자의 엉덩이를 바라보다가 잠시 휘청,

비틀거렸다.

"올 수 있겠어요?" 전화기 앞에 앉은 아내는 차분한 표정으로 Y의 말을 듣고 있었다. 마당 귀퉁이에서 꽃을 피운 목련을 보며.

"그냥 셋이 함께 봄날 대관령 길을 걷고 싶네요. 김밥도 싸고 와인도 챙길 거예요. 소풍이라고 생각하시면 돼요."

"소풍?"

그는 담배를 꺼내 들고 집 밖으로 나가면서 일부러 현관문을 크게 소리 내 닫았다. 봄날이었다, 지난겨울의 함박눈 같은 목련이 피어 있는.

옛 영동고속도로인 대관령 길을 걷는 상춘객들은 꽤 많았다. 봄볕이 있었고 벚꽃과 참꽃은 그 볕을 뒤집어쓴 채 재잘거렸다. 그는 두 여자의 대화를 들을 수 있을 정도의 거리를 유지한 채 뒤에서 걸었다. 그녀들은 오랜만에 만난 자매나 친한 친구처럼 보였다. 그는 한숨을 종달새 소리로 바꿔서 흘려보냈지만 그녀들의 눈길을 오래 잡아두지는 못했다. 대신에 저 멀리 구름을 이고 있는 고갯길의 정상쯤을 향해 새소리를 날려 보냈다.

"왔어?"

"응."

"커피 한잔 마시고 갈까?"

"됐어."

터미널 대합실에 서 있는 Y는 멀미를 한 것처럼 핼쑥한 얼굴이었다. 그는 아무것도 들어 있지 않은 것만 같은 Y의 배낭을 받았다.

"……별일 없을 거야."

"그렇겠지."

"앞에 타."

그러나 Y는 자가용의 앞자리를 거부하고 뒷자리에 탔다.

"거긴 당신 아내 자리잖아. 근데 왜 하필 힘들게 대관령을 오르자는 거야?"

"……집에서 가까우니까."

그가 터미널에 가서 Y를 기다리는 동안 그의 아내는

소풍 가서 먹을 점심과 간식을 만드느라 분주했다. 사실 아내는 전날부터 어린아이처럼 들떠 있었기에 그로서는 달리 어떤 의견을 개진할 수가 없었다. 다만 표정이 밝았기에 다른 걱정은 하지 않아도 될 것 같았다.

"셋이 대관령 길을 걷자고……."

등받이에 기댄 Y가 혼잣말을 중얼거렸다.

길은 점점 경사가 급해지고 있었다. 그는 여전히 두 여자의 조금 뒤에서 배낭을 진 채 걸었다. 한 번도 쉬지 않았기에 배낭의 무게는 처음 그대로였다. 몇 개의 산굽이를 돌았는지 기억나지 않았다. 아직 산 아래의 바다가 보이지 않는다는 것은 고갯길의 도입부를 벗어나지 못했다는 얘기였다. 그는 등을 적시는 땀을 고스란히 받아들이며 두 여자의 대화를 들었다.

"이렇게 꽃이 피었을 때 그냥 Y씨랑 이 고갯길을 한번 걷고 싶었어요."

"예. 근데 대관령 정상으로 시내버스가 온다는 얘기 정말이에요?"

"새로 생겼어요. 하루에 두 번."

"손님이 있나요?"

"우리처럼 걷는 사람들이 있잖아요. 아, 주말에만 운행해요!"

"왜 갑자기 걷기 붐이 일어났는지 아세요?"

"아, Y씨, 저기 노란 꽃이 동박꽃이에요!"

"……귀엽네요."

어깻죽지를 파고드는 듯한 배낭의 끈 때문에 그는 결국 배낭을 벗었다. 배낭의 끈은 밧줄처럼 꼬여 있었다. 배낭끈에 쓸린 어깨가 화끈거렸다. 배낭을 짊어지고 걸어본 게 언제였는지 떠오르지도 않았다. 두 여자는 한심하다는 표정을 흘리며 그가 주저앉은 곳으로 다가왔다. 마치 자매처럼. 그는 어깨의 화끈거림이 갑자기 얼굴로 자리를 옮겨가는 것을 어찌할 수 없었다. 보온병을 꺼내 두 여자에게 김이 솟는 녹차를 건네주는 것으로 멋쩍음을 감췄다. 다행히 붉기는 맞은편 절벽의 참꽃이 더 붉었다.

"우리가 부실한 짐꾼을 데려왔네요."

"그러게요. 갈 길이 먼 것 같은데." Y는 아내와 진짜 자매 같았다.

"대관령은 천천히 올라가야 멀미가 안 나."

"애들이나 멀미를 하지. 다 큰 사람이 누가 멀미를 해."

"그러게요. 요즘 길도 워낙 좋아졌잖아요." Y가 점점 얄미워지고 있었다.

"산을 오를 때는 짐꾼을 위해줘야 돼."

"히말라야도 아닌데, 뭐 그럴 것까지야." 그는 아내의 말이 끝나기 무섭게 앉은 자세로 두 팔을 머리 위로 번쩍 들어 항복 의사를 밝혔다. Y와 아내가 함께 깔깔거렸다. 그 웃음이 사라지기 전에 그는 배낭을 둘러메고 자리에서 일어났다. 현재까지의 정황으로 봐선 두 여자가 머리끄덩이를 잡고 대관령 중턱에서 대판 싸울 것 같진 않았기에 어깨가 벗겨지더라도 기꺼이 짐꾼으로 봉사할 용의가 있었다.

그는 다시 두 여자의 조금 뒤에서 아스팔트 위에 칠해

놓은 흰 선을 두 발로 꼬박꼬박 밟으며 걸었다. 아내는 흰 선 바깥쪽 좁은 갓길에서 걸었고 Y는 흰 선 안쪽 차도를 택했다. 빈번하지는 않았지만 가끔 고갯길을 내려오는 차가 나타날 때마다 아내는 Y의 옷자락을 자신에게로 끌어당겼다. 아내가 Y에게 자리를 바꾸자고 몇 차례 권유했지만 Y는 상대방이 기분 나빠하지 않을 적당한 말을 골라 웃음과 함께 사양했다. 역삼각형의 형세를 갖춘 거북들의 걸음과 비슷했다. 두 여자의 자리가 서로 바뀌더라도, 그가 두 여자 앞에 선다고 하더라도, 그의 자리는 변함없이 낡아가는 흰 선 위일 수밖에 없다고 그는 고개를 끄덕였다. 셋이서 함께 대관령을 오르는 길에서 그의 위치는 중립밖에 없었다.

"강릉에서 태어나 지금껏 살고 있지만 걸어서 대관령을 오르는 건 이번이 처음이에요.

"……예에."

"옛말이 무슨 뜻인지 비로소 알 것 같아요."

"뭐가요?"

"걸어서 대관령을 넘던 시절에 힘들면 한 굽이를 돌

때마다 곶감 하나씩 먹는다고 했거든요."

"아! 그럼 모두 몇 개를 먹어야 하는데요?"

"한 접이면 하나가 남는데요."

"입에서 단내가 진동하겠네요. 그래서 강릉에 감나무가 많은 건 아니겠죠?"

앞서가는 두 여자가 곶감 같은 이야기를 저작하며 산굽이를 돌고 있을 때 그는 배낭 옆구리에 꽂아둔 물병을 꺼내 단내를 중화시키듯 입을 헹궜다. 그녀들의 이야기는 길게 이어지는 게 아니라 마치 곶감 하나의 크기, 하나를 입에 넣고 씹다가 삼키면 끝나버리는 이야기 같았다. 그러면 다시 주변의 꽃나무를 찾아 두리번거리고 그 화사한 꽃에서 시선을 떼지 않은 채 묵묵히 또 한 굽이를 돌아가곤 했다. 그는 대관령 길에 줄줄이 꿰어 있는 곶감과 그 곶감을 모두 먹어치웠을 때의 길을 생각하며 다시 물을 마셨다.

"힘들지 않아요?"

"걸을 만하네요. 아, 여기서 새 길이 보이네요."

"고개가 없어진 대신 터널과 다리가 들어섰어요."

"곶감이 필요 없는 길이네요."

"잔혹한 길이란 생각이 들어요. 하지만 다들 바쁘다고 아우성이니 그런 것 따위야 쉽게 잊어버리죠."

"……사실 저 역시 그래요. 말이야 천천히, 천천히 살자고 중얼거리지만 막상 어떤 일이 닥치면 까맣게 잊어버리고 빨리 가지 못하는 것에 초조해하거든요." Y의 표정이 조금 어두워졌다. 그는 아내와 Y에게 물병을 하나씩 내밀었다.

영동고속도로의 하행선은 꽃구경을 나선 차량들로 붐볐다. 오죽헌에서 경포대로 이어지는 벚꽃 길이거나 아니면 삼척을 지나 맹방의 7번 국도를 덮은 벚꽃 터널을 찾아가는 행렬이었다. 쿵쿵거리는 음악 소리를 토해내며 달려가는 관광버스들을 보며 세 사람은 옛길과 새 길이 교차하는 작은 터널 위를 걸었다. 지진이 왔을 때처럼 터널이 흔들리는 것 같았다. 옛길을 내려갈 땐 시속 육십 킬로미터를 넘기 어려운데 새 길에선 거의 그

두 배의 속도로 질주하고 있으니 주변의 모든 것들이 속절없이 떨리지 않을 도리가 없었다. 토끼의 시간과 거북의 시간이 교차되는 지점에서 일어나는 현상들이었다. 하지만 두 개의 시간은 Y의 말처럼 서로 별개로 존재하지 않고 같은 마음 안에 들어 있다는 게 문제였다. 그는 뒤편으로 밀려나는 새 길을 바라보며 고개를 끄덕였다. 지금은 우리가 거북의 가면을 쓰고 천천히 언덕을 오르고 있지만 언제 돌변해서 토끼처럼 한달음에 달려갈지 모른다고.

"제가 미웠죠?" 아내에게 건네는 Y의 말이었다.

"……지금은 아니에요. 설마 미운 사람에게 같이 소풍 가자고 하겠어요."

그는 배낭을 고쳐 메고 몰래 호흡을 가다듬었다. 신발이 흰 선을 벗어나지는 않았는지 확인했다.

"고마워요."

"Y씨, 미안한 마음 갖지 말아요. 사실 그 당시 나도 Y씨 욕 많이 했어요. 도리어 제가 고마워요. 가만 있자…… 고맙다는 말은 당신이 해야 되지 않아요?" 아내가 그를 뒤돌아보았다.

"저기 벚나무 아래서 쉬었다 갑시다!"

두 여자의 얼굴에도 땀이 송알송알 맺혀 있었다. 꽃 핀 벚나무 아래는 화려한 양산 속 같았다. 그는 배낭을 열고 과일과 초콜릿, 위스키가 든 포켓 크기의 술병을 꺼냈다. 뜨거운 녹차에 위스키를 조금 섞어 Y와 아내에게 건넸다. 대마초 상인이 의미가 불분명한 미소를 지으며 초보자에게 연기가 피어오르는 파이프를 내밀듯. 그리고 자신이 마실 것은 위스키의 양을 녹차와 같은 비율로 늘렸다. 뜨거운 녹차 향에 실린 독한 위스키 냄새가 코끝을 간질였다.

"독주로 우리 두 사람 입을 막으려는 거 아냐?"

"아무래도 좀 수상해 보여요." Y가 거들었다.

"설마 그러기야 하겠어. 체온 조절을 해야 감기에 안 걸려. 갈 길이 많이 남았잖아. 참고로 단숨에 들이켜는 게 좋아."

꽃 그림자가 어룽거리는 술이 담긴 술잔들이 가볍게 부딪쳤다.

“오, 불인데!”

“삼킬 땐 목이 타는 것 같았는데 의외로 시원하네요. 뜨거운 정종보다 낫네요.”

“……두 사람에게, 미안하고 고마워.”

“Y씨, 아무래도 한 잔 더 마셔야겠네요.”

“그래야겠죠.”

그러나 그는 두 여자에게 구체적으로 무엇이 미안하고 고마운지에 대해 말하지 않았다. 대신 대관령 위와 아래에서 살았던 어린 시절 겪었던 대관령과의 첫 기억들을 주절거렸다. 처음으로 완행버스를 타고 대관령을 넘었던 이야기, 당연히 뒤따라온 첫 멀미, 토사물이 들어 있는, 물컹거리는 검은 비닐봉지를 들고 있었던 기억들에 대해…….

“대체 뭐가 미안하고 고맙단 거야?”

아내가 자리에서 일어나 엉덩이를 털자 Y도 따라 일어났다. 그는 말을 멈추고 서둘러 꺼내놓은 물건들을 배낭에 넣었다. 남은 술을 마저 마시고 허공을 보니 여자들의 속옷 속에 들어가 있는 것처럼 현기증이 몰려왔다.

두 여자는 고개를 오르게 하고 그는 그냥 자리에 누워 잠이나 한잠 자고 싶을 정도였다.

"응?" 뒤돌아선 아내가 장난기 어린 목소리로 다시 물었다. 길은 변함없이 산자락의 한 굽이를 돌아가고 있었다.

"다 아는 거잖아."

"난 몰라! Y씨는 알아요?"

"저도 몰라요."

배 속으로 들어간 위스키가 조금씩 끓고 있는 것 같아 그는 배를 쓰다듬었다. 반정까지 가야 야외 화장실이 있기에 어떻게든 속을 진정시켜야만 했다. 그는 재미있다는 듯 번갈아가며 뒤를 돌아보는 두 여자를 보며 벚나무 아래에서 꺼내놓은 촌스러운 고백을 비로소 후회했다. 거리를 두려고 걸음을 천천히 하자 그녀들은 아예 뒤돌아서서 그를 기다렸다. 그의 왼편은 절벽이었고 길 건너 오른편은 산비탈이었다. 그녀들에게 술을 권하는 게 아니었다.

"미안한 건?" 아내였다.

"……당신들 두 사람 마음을 아프게 한 점."

"왜 고맙죠?" Y였다.

"……이렇게 모여 소풍 갈 수 있다는 거."

"Y씨, 대답이 마음에 들어요?"

"뭐…… 조금요. 언니는요?"

"그럭저럭."

그는 그녀들의 뒤를 따라가며 다시금 이 소풍이 가능한 소풍인가, 곰곰이 따져보았지만 헛갈리기만 할 뿐 도무지 가닥이 잡히지 않았다. 소풍이 모두 끝났을 때 무엇이 어떻게 달라질 것인지도 짐작할 수 없었다. 소풍에 참여한 아내도, Y의 마음도 그리고 자신마저도 알 수 없었다. 어느 한쪽으로 쳐들어가 담판을 짓는 것도 모자랄 판에 얼떨결에 만난 것도 아니고, 사전에 서로가 합의한 즐거운 소풍이라니! 앞서 가는 두 여자는 고갯길을 다 올라가면 곧바로 영 너머에 있는 오대산 지장암의 자목련 그늘 속으로 들어가는 것은 아닐까, 하는 의구심이 사라지지 않았다. 그는 말 그대로 거기까지 동행하는 짐꾼일 수도 있었다. 세상에 어느 여자가 남편이 바람피운 여자를 초대해 함께 소풍을 가겠는가. 세상에 또 어느 여자가 자신과 연애했던 남자의 아내와 자매처럼 재잘거리며 대관령 길을 걷겠는가. 더군다나 그 가운데에 문제의 남자를 대동하고. 물론 그 파도가 가라앉은 시기라고는 하지만. 그는…… 결국 참지 못하고 벗어놓은 배낭에서 휴지를 꺼내들고 배를 움켜쥔 채 오월의 숲 속으로 어기적어기적 들어가야만 했다. 깔깔거리는 두 여자의 웃음소리를 뒤통수에 매단 채.

"아, 바다가 보이네요. 저기 보이는 게 경포대 벚꽃 길인가요?"

"그럴 거예요. 아마 지금쯤이면 꽃구경 온 사람들이 인파에 떠밀려가고 있을 거예요."

"그러다 떠밀려서 바다로 들어가겠어요."

"그러려고 왔으니 문제될 게 없죠."

"참, 속은 괜찮아요?" Y의 따스한 염려였다.

"엄살이 심해서 괜찮지 않으면 벌써 돌아가자고 했을

거예요." 아내의 유쾌하고 적나라한 지적이었다. 그는 고개를 끄덕였다.

"한 삼십 분만 더 가면 반정이야. 거기서 쉬면 돼."

"술만 마시면 설사하는 거 여전……하네요." 꽃 속의 벌을 건드린 듯 Y의 목소리가 작아졌다. Y는 아내를 보며 멋쩍은 미소를 지었다.

"그런데도 한번 마시면 밤을 새워 마셔!"

몇 굽이를 돌았을까. 저 아래 강릉 땅은 손바닥만 하게 작아졌고 대관령의 꽃나무들은 높이 올라온 만큼 아직 봉오리를 터뜨리지 못하고 붉게 물들어 있는 것들이 많았다. 정상 부근의 응달 쪽엔 채 녹지 못한 눈과 얼음도 남아 있을 터였다. 입에서 단내가 올라오는 시간이기도 했다. 숨소리가 가빠진 만큼 두 여자의 대화도 조금씩 농도가 진해지고 있어서 언제 그가 안주거리로 등장할지 몰랐다. 그는 두 여자의 짐꾼 노릇에 만족하기로 작정했다. 그러나 그가 듣기에 두 여자의 대화는 외줄 위에서의 아슬아슬한 곡예 같기도 해서 언제라도 배

낭을 벗어던지고 두 여자 사이로 달려갈 수 있는 준비를
해야만 한다는 것을 그는 알고 있었다. 이 소풍의 특성
상 어쩔 수 없었다. 중요한 것은 같은 일을 두고 두 여지
가 서로 다르게 알고 있거나, 아니면 각자만 알고 있는
이야기들이 언제 맨얼굴로 맞부딪칠지 모른다는 것이
었다.

"어린 시절엔 정말로 대관령이 아흔아홉 굽이인 줄 알
았어."

"아니란 말이야?" 아내의 눈이 동그랗게 변했다.

"아닐 거야. 그냥 상징적인 숫자겠지."

"근데 왜 하필 아흔아홉 굽이야?"

"백 굽이라고 하면 허탈하잖아."

"올라가고 싶은 생각도 안 들 것 같아요." Y가 거들
었다.

"아흔아홉은 허파에 바람 든 사내들을 부르는 고
갯길."

아내의 한탄조였다.

"고갯길을 바라보며 그 사내를 떠나보내는 여자의 한

숨 숫자." Y의 답가였다.

"밤늦게 그 사내가 회한에 젖어 터덜터덜 돌아오는 길." 그가 목소리를 깔았다.

"에이!" 아내와 Y가 동시에 조소를 보냈다.

"야유를 해도 어쩔 수 없어." 그는 흰 선을 내려다보며 혼잣말을 하듯 중얼거렸다. Y가 길 위로 가지를 내놓고 있는 소나무를 보며 물었다.

"지금 우리는 몇 번째 굽이를 돌고 있는 거지?"

소나무도, 그도, 그의 아내도, 입을 열지 않았다.

저 아래편으로 터널을 빠져나와 곧게 뻗은 고속도로가 다시 보였다. 굽이가 없는 길이었다. 큰 산을 만나면 굴을 뚫고 깊은 골짜기를 만나면 높고 긴 다리를 놓아 만든 길이었다. 그 역시 오래전에 아흔아홉 굽이의 길을 떠나 아내의 방에서 Y의 방으로 최단 시간에 갈 수 있는, 저 아래의 길을 선택했다. 졸음을 참으며 가속페달을 밟았다. 몸에서 Y의 냄새가 채 사라지기도 전에 집에 도착해 아내의 젖가슴에 얼굴을 묻고 잠들었다. 곧고 넓은 길이 없었더라면 분명 불가능한 일이었다. 그러나 애인에게 빨리 갈 수 있는 만큼 파국도 같은 길을 통해 재빠르게 도착했다. 자동차를 몰고 시속 백삼십 킬로로 달리는 그보다 먼저 당도해 있었다. 토끼의 시간이 일시에 무너진 것이었다. 그는 앞에서 걷는 두 여자의 엉덩이를 훔쳐보다가 걸음을 멈췄다. 사타구니가 불룩해지고 있었다. 토끼처럼 어딘가를 향해 달려가고 싶었지만 높고 가파른 산굽이는 그것을 허용하지 않았다. 신발 아래의 흰 선은 그의 온몸을 묶어놓고 있었다.

"사람들이 우릴 이해할까요?" 걸음을 멈춘 Y는 절벽 중턱의 참꽃에 눈길을 주고 있었다. 그와 아내의 시선도 그곳으로 올라가지 않을 수 없었다. 아름다웠지만 위태로웠다, 꽃도 시선도. 참꽃은 한 육십 번째 굽이의 절벽에 피어 있었다.

"뭐, 이해를 하든지 말든지!" 아내는 미끄럼을 타듯 절벽에서 내려왔다.

"신경 쓰진 않았는데 궁금하긴 했어요." Y도 내려왔다.

"언니한테야 당연히 미안했지만 사실 그땐 어쩔 수가 없었어요. 도망치려 해도 도망칠 수 없는 파도 같았거든요." Y는 언덕길을 다시 타박타박 걸었다.

"알아요." 아내는 담담했다.

"이 고갯길 왠지 묘하네요."

"뭐가요?"

"뭐랄까…… 한 굽이를 돌 때마다 그동안 꺼내놓지 못했던 속 얘기를 하게 만드는 것 같아요."

"나도 그래요." 아내가 팔을 내밀어 가리킨 곳은 대관령 반정이라는 곳이었다. 정자 한 채가 대관령 굽이굽이를 내려다보고 있었다. 옛날 주막 자리에서.

"밥 먹자!" 그가 소리쳤다.

반정엔 서너 무리의 쉬고 있는 사람들이 있었다. 그는 배낭에서 자리를 꺼내 한쪽에 깔았다. 그 자리 위에 배낭에 든 먹을 것들을 하나하나 꺼내놓았다. 아내가 콧노래를 부르며 전날부터 준비한 성찬이었다.

"와!"

바다가 보였다. 손바닥 안에 딱 들어오는 강릉이 보였다. 비행장 활주로가 바다로 뻗어 있었고 그 아래 화력 발전소의 굴뚝에선 흰 연기가 올라왔다. 그리고 산자락을 감으며 올라오는 길이 보였다. 그 길을 따라 천천히 올라오는 꽃들이 있었다. 봄날이었다. 그는 붉은 와인이 담겨 있는 유리잔을 흔들며 봄날을 구경했다. Y도 아내도 즐겁게 웃고 있었다. 김밥은 고소했고 샌드위치의 양상추는 신선했다. 와인 역시 떫지도 않고 시큼하지도 않았다. 양념을 한 고기는 질기지 않아 몇 번 씹지 않아도 쉽게 삼킬 수 있었다. 그는 바람에 날려 온 벚꽃을 용케 와인 잔에 담았다. 두 여자가 까르르 웃음을 터뜨리며 따라했지만 허공의 꽃잎을 잡지는 못했다. 붉은 와인이 출렁거리는 모습을 그는 가만히 바라보았다. 두 여자의 얼굴은 발갛게 물들어 있었다. 와인 병은 벌써 바닥을 드러냈다. 두 병을 준비한 게 천만다행이었다.

"근데 Y씨, 이 인간이랑 잠자리는 괜찮았어요?"

"에이…… 그런 얘긴 하지 말자." 그가 아내의 장난기 가득한 얼굴에 호소했다.

"소풍이잖아! 이런 소풍이 또 언제 있겠어! 당신도 궁금한 게 있음 물어봐도 돼. 그동안 두 여자 사이에서 나름대로 힘들었잖아."

"항복!" 그는 다시 두 손을 머리 위로 들었다. 두 여자가 까르르 웃음을 터뜨렸다.

"무엇인가를 곰곰이 생각하는 Y의 얼굴이 더 발그레해졌다. 좋았어요. 언니는요?"

"뭐, 나쁘진 않았어요. 당신은?"

"……싫은 일을 왜 하겠어."

그는 새 와인의 코르크마개를 빼냈다. 두 여자는 누가 들을세라 작은 목소리로 이야기를 나눴다. 아흔아홉 굽이의 고갯길 중에서 예순아홉 번째쯤에 도착해 있는 것 같았다. 서둘러 고개를 넘어버리고 싶은데 두 여자는 자리를 털고 일어날 기미를 보이지 않았다. 평생 계속될 소풍일지도 모른다는 생각이 들자 그는 피식피식 웃음을 흘렸다.

"왜 웃는 거야? 우릴 비웃었지?"

“언니, 그런 것 같아요.”

“아냐. 여기가 옛날 주막 자리잖아. 여기에 옛날과 똑같은 주막을 지어놓고 셋이서 살면 좋겠다, 이런 생각을 했어. 오고 가는 길손들한테 술도 팔고 국밥도 팔고. 어때?”

“주막을? 그럼 우리가 주모야?”

“좋겠다!”Y가 손뼉을 쳤다.

“당신은 뭐하고?”

“난 산에 가서 나무해야지. 난동 부리는 손님 있으면 쫓아내기도 하고.”

“주막 이름은 뭐가 좋을까요?”Y는 벌써 치맛자락을 끈으로 질끈 묶은 주모라도 된 듯했다.

“대굴령.”

“셋이 살면 잠은 누구와 잘 거야?”

“그건 두 분 마나님들 처분에 따르겠나이다!”

“언니, 제가 아랫사람이니까 일주일에 이틀 밤만 보내 주세요!”

“그래도 되겠어요?”

"아이고!"

봄볕이 내려앉은 반정에서 두 여자는 종달새처럼 지저귀고 있었다. 그는 그 옆에서 먹을 것이 떨어져 있지는 않나 기웃거리는 까마귀 같았다. 평소와는 전혀 다른 모습의 두 여자 앞에서 그는 배낭을 꾸렸다. 와인 두 병을 골고루 나누어 마신 터라 정상까지 걸어갈 수 있을지 의문이었지만 하여튼 자리를 모두 정리하고 일어났다.

"소풍 오길 잘했어요!" 신사임당 시비가 보이는 곳에서 Y가 갑자기 눈물을 훌쩍거렸다.

"Y씨, 왜 우는 거야?"

"좋아서요, 언니."

"좋으면 웃어야지, 바보같이 왜 울어."

"그러게요."

"이 모든 게 당신 탓이라는 거 알지?" 아내가 그를 윽박질렀다.

고갯길은 거의 아흔 굽이를 넘어서고 있었다. 다행히

Y는 오래 울지 않았다. 그는 걸어서 올라온 대관령 길을 내려다보았다. 정말 걸어서 올라왔는지 의심이 들 정도였다. 짧거나 긴, 많은 이야기들을 나눈 것 같은데 막상 떠올리려 하면 분명하지 않았다. 어쩌면 아무 이야기도 하지 않고 고집스럽게 침묵을 고집한 것 같기도 했다. 그의 등에 매달린, 가벼워진 배낭에서 빈 술병이 부딪치는 소리가 피어났다. 한 걸음을 옮길 때마다. 그 소리는 마치 송아지의 목에 매단 워낭 소리처럼 들렸다. 그는 왜 아내가 이 소풍을 마련했는지 여전히 알 수 없었다. Y가 왜 아내의 초대에 응했는지도 알 수 없었다. 앞서 가는 두 여자의 얼굴은 땀으로 흥건했다. 땀을 닦은 손수건을 수시로 짜야 할 정도였다. 어쩌면 세 사람 모두 이 소풍의 진정한 의미를 알기 위해 고갯길을 걷고 있는지도 모른다는 생각도 들었다. 대관령 아흔아홉 굽이가 모두 끝나기 전에 그 의문에 대한 답이 나타나길 기다리며.

"오줌이 마려워요." Y가 난처한 얼굴로 아내에게 도움을 청했다.

"나도 마려운데." 아내는 그를 바라봤다.

Y가 소나무 뒤에서 볼일을 보는 동안 아내는 가까이에서, 그는 길 옆에서 망을 보았다. 아내와 Y가 서로 자리교체를 하는지 키득키득 웃는 소리가 길 위로 올라왔다. 그는 응달의 골짜기에 남아 있는, 더러운 걸레 같은 눈을 보며 인상을 찡그렸다.

"언니, 정상에 가면 정말 시내버스가 오는 거죠?"

"그렇다니까요!"

"한 십 년 동안 걸을 분량을 오늘 다 걸은 것 같아요."

"술을 마셔서 그런가. 오줌 줄기가 끊어지질 않네!"

"언니!"

"참, Y씬 결혼 안 할 거야?"

"겁이 나요. 아, 아이는 낳아보고 싶은데……."

그는 두 여자의 목소리가 들리지 않는 곳으로 천천히 걸어갔다. 고갯길을 오르다가 갑자기 고아가 된 기분이었다. 흰 선을 벗어나 길을 건너가자 검게 변해가는 바위 절벽에 한자로 '남무아미타불南無阿彌陀佛'이라는 글자가 오른쪽에서 왼쪽으로 큼직하게 새겨져 있었다. 그는 마음이 조금 더 고독해졌다는 걸 감지했다. 고갯길의 아흔 몇 번째의 굽이에 왜 그런 글자를 새겨놓았는지 알 수 없었다. 그는 자신이 그 아흔 몇 번째의 벼랑에 간신히 매달려 있는 것만 같았다. 두 여자들이 싸우지 않고 사이좋게 고개를 오르고 있는데도 말이다.

"와, 저 길을 우리가 정말 걸어서 올라왔단 거죠?" 양쪽으로 팔을 펼친 채 뒤로 걸으며 Y가 소리쳤다.

"조심해요." 아내가 Y의 팔을 잡아 끌어당겼다.

"제 인생 최고의 소풍이에요!"

"그럼 다행이고."

"지난겨울의 여행은 최악이었는데 오늘 다 위로받는 것 같아요!"

그는 참았던 담배를 꺼내 불을 붙였다.

"아, 안 돼요! 봄철 산불조심."

바람이 영을 넘어오고 있었다. 아흔아홉 굽이 고갯길을 거의 다 올라온 듯한데 걸음은 점점 느려졌다. 허벅지에 모래가 가득 든 자루를 매달고 걷는 심정이었다. 그는 말을 멈추지 않고 뱉어내는 Y를 언제까지나 내버려둘 수 없었다. 길이 끝나면 영영 그 기회를 잃어버릴 지도 모르기에.

"Y야, 울고 싶으면 마음껏 울어도 돼."

"왜 울어요? 이렇게 좋은 날!"

"그러게. 왜 기분 좋은 사람한테 울라고 그래."

"미안. 내가 취했나봐. 그럼 내가 울까?"

"울어요!" Y가 깡충깡충 뛰었다.

"울고 봄바람에 다 말리면 되겠네." 아내가 거들었다.

그는 두 여자를 바라보고 세 사람이 걸어온 고갯길로 시선을 돌렸다. 눈물을 모아야 했다. 아직 가지 않은 길도 눈을 부릅뜬 채 노려보았다. 양지바른 산자락 여기저기에 튀밥이 터지듯 피어 있는 꽃나무들도 살폈지만 눈물은 고이지 않았다. 심지어 눈물 없는 울음소리도 내놓을 수 없다는 걸 비로소 알았다. 영영 고개를 넘을 수 없을 것 같았다.

소풍은 쉽게 끝나지 않았다.

로드 무비는 끝이 없다

이홍섭 (시인, 문학평론가)

김도연의 두 번째 단편집 『십오야월』에는 시인을
질투하고, 비하하고, 끝내는 저주를 퍼붓는 단편 「이
제 그는 시인을 믿지 않는다」가 들어 있다. 주인공
'그'는 이리저리 상처받은 끝에 마침내 마지막 부분에
이르러서는 "원수와 화해할 순 있어도 시인과는 결코
화해할 수 없을 것 같다는 생각"에 도달하게 되는데,
그 도저한 깨달음은 가히 한국 문학사에서 희귀한 경
지라 하겠다.

그의 이 단편 제목만 본 독자라면 혹 "이 작가 주변

에는 시인들이 얼씬도 하지 못하겠구나. 쯧쯧"이라고
혀를 찰지도 모르겠지만, 오히려 드러난 현상은 정반
대이다. 그의 주변에는 소설가보다 시인이 더 많고,
그와 술잔을 돌리는 사람도 대개 시인인 경우가 많다.
괜히 나도 그 술잔돌리기에 편승했다가 지금 이 해설
을 쓰는 곤욕을 치르고 있는 것이다.

  김도연의 좋은 소설들은 대개 '여자 문제'로부터 출
발하는데, '희귀한 경지'에 도달한 앞의 단편 역시 예
외가 아니다. 그러니 시인들로서는 억울할 만한 일일
것이다. 주인공 '그'의 연애가 실패한 것이 '장미'라는
이름을 가진 여인의 사랑을 얻지 못한 능력 부족 때문
이지, 'Y'라는 이니셜을 가진 그 '원수'가 시를 쓰기 때
문은 아니지 않느냐는 애기다. 사람 나고 시 났지, 시
나고 사람 났겠느냐는 항변이다. 그러나 어찌 되었건
작가는 여러 소설적인 장치와 구라를 통해 '시인=나
쁜 놈'이라는 등식을 만드는 데 성공했다. 작가의 생
사람 잡는 재능에 다시 한 번 탄복할 뿐이다.

이 단편을 기초로 작가의 다른 여러 작품들을 분석해보면, 아이러니하게도 작가가 소설을 통해 궁극적으로 추구하는 것이 '시인처럼' 연애하고, '시인처럼' 살고 싶은 것이 아닐까 하는 질문에 도달하게 된다. 그의 소설의 많은 주인공들은 시인처럼 연애하고, 시인처럼 살고 싶은데 그게 잘 되지 않아 정신적으로 분열하고, 현실과 꿈 사이를 아슬아슬하게 넘나들며 고통스러워한다.

대저 시인이란 어떤 존재인가. 내가 말하면 분명 작가가 구라 치지 말라며 받아들이지 않을 터, 그의 동업자인 밀란 쿤데라가 『생은 다른 곳에』에서 말한 구절을 인용하고자 한다.

"서정시는 어떤 진실도 즉각 진실이 되는 영역이다. 어제 시인은 삶이 눈물의 골짜기라고 말했다. 오늘 시인은 삶이 미소의 나라라고 말했다. 두 번 모두 시인은 옳다. 일관성이 없다 하지 말라. 서정시인은 어떤 것도 증명할 필요가 없다. 시인 자신이 가진 감정의 강렬함이 유일한 증거인 것이다."

이러니 작가가 시인을 미워할 수밖에 없을 것이다. 누구는 즉각 진실이 되고, 누구는 죽으라고 진실을 증명해도 될까 말까 하니 얼마나 억울하겠는가.

그러나 그게 전부는 아니다. 김도연의 소설 속 주인공들은 이보다 더 독하게 현실을 직시하기도 하는데, 가령 주인공이 잠든 노모 앞에서 술잔을 비우며 "시보다 몇백 배 더 떠나기 어려운 존재 앞에서 마시는 술은 그래서 독하고 혀에 착착 감겼다"라고 독백할 때가 바로 그런 때이다. 김도연 소설의 깊은 맛은 이 두 개의 현실이 팽팽하게 밀고 당기기를 할 때, 그 힘이 소설 전체를 탱탱하게 유지하고 있을 때 맛볼 수 있다. 김도연 소설의 매력은 시인을 미워하는 만큼 시인을 사랑하고, 시인을 꿈꾸면서도 현실을 직시하는 눈을 감지 않고 있다는 데 있다.

김도연의 세 번째 작품 『아흔아홉』도 예외가 아니다. 나아가 이 작품은 그동안 작가가 써온 장·단편의 종합 선물세트라고도 할 수 있다. 예의 '여자 문제'로 인한 삼각관계가 축을 이루고 있다는 점, 그가 즐겨 쓰는 로드 무비적인 플롯을 뼈대로 전개된다는 점, 다른 여러 작품들처럼 작가의 고향인 강원도가 무대로 설정되어 있다는 점, 그의 소설의 독특한 개성 중 하나인 동물(고라니)과의 대화가 여지없이 등장한다는 점 등등이 그러하다.

이 중에서 특히 관심을 끄는 것은 그의 소설이 지닌 '로드 무비'적인 경향이다. 그냥 '여행 소설'이라고 하기에는 뭔가 조금 부족해서 만든 말이 '로드 무비적인 소설'이라는 용어이다. 로드 무비(road movie)는, 말 그대로 장소의 이동을 따라가며 전개되는 영화의 한 장르를 일컫는다. 사실 모든 이야기의 기원은 로드 무비적인 것이라 할 수 있다. 이야기는 '길'을 떠나면서 시작된다고 하지 않던가.

그런데 김도연 소설은 유달리 로드 무비적이다. 영화로도 만들어진 장편 『소와 함께 여행하는 법』은 아예 노골적으로 로드 무비 소설임을 드러낸 작품이다. 로드 무비 소설은 기본적으로 공간 이동이 있어야 한다. 그리고 공간 이동에는 그 이동을 끌고 가는 '화두'가 있어야 하고 그 화두를 감싸는 자연이 배경으로 등장해야 한다. 또한 공간이 바뀔 때마다 거기에 걸맞은 에피소드들이 등장해야 한다.

단편임에도 불구하고 로드 무비적인 요소를 잘 갖춘 소설이 작가의 고향 선배 작가인 이효석이 쓴 「메밀꽃 필 무렵」이다. 그가 이 소설을 패러디해 「메밀꽃 질 무렵」을 쓴 것은 단순히 고향 선배의 작품을 패러디하고 싶어서이기보다는 그의 로드 무비적 성향이 발동했기 때문이었다고 보는 편이 옳을 것이다. 장편 『소와 함께 여행하는 법』이나 『아흔아홉』은 이런 그의 성향이 잘 스며 있고, 로드 무비의 여러 구성 요소들이 잘 갖추어진 작품들이라 할 수 있다.

로드 무비는 궁극적으로 어떤 깨달음을 향해 나아

간다. 소설로 치면 '성장소설', 혹은 '교양소설'이 추구하는 목표와 동일하다. 그러나 그동안 세계 영화사에 새겨진 여러 뛰어난 로드 무비는 꼭 '성장', 혹은 '교양'만을 추구한 것은 아니다. 전인적 완성만을 향해 나아간 것이 아니라, 그 어떤 '발견', 혹은 깨달음을 향해 나아간 경우가 많았다는 것이다. 로드 무비의 걸작으로 손꼽히는 영화 〈파리, 텍사스〉는 결국 이 세상 어디에도 '파리, 텍사스'가 없다는 것을 '발견'하는 것으로 끝나지 않던가.

우리나라의 경우 로드 무비가 많지 않은 이유로는 먼저 공간적인 제약을 들 수 있다. 일단 땅덩어리가 커야 어디로 좀 떠나고, 새로운 경험도 많이 할 터인데 그러기에는 너무 좁다. 그리고 비극적인 분단 때문에 육지로는 더 나아갈 수 없다는 한계도 있다. 통일을 이루었다면 아마도 훨씬 많은 로드 무비가 만들어졌을 것이다.

『소와 함께 여행하는 법』이 그나마 로드 무비로 만들어질 수 있었던 것은 여행 동행자가 '소'였기 때문이다. '소'가 아니었다면 그렇게 많이 쉬어갈 필요도 없고, 그렇게 많은 사건을 겪지도 않았을 것이다. 할리우드에서 로드 무비가 가능했던 것은 자동차로 하루 종일 가도 지평선이 끝나지 않는 땅을 보유하고 있기 때문이다. 가다 쉬다 가다 쉬다를 반복하다 보면 별일이 다 일어나지 않겠는가.

또한 우리 소설에서 '교양소설'이 드문 것은 우리가 교양이 될 만한 전범을 지니고 있지 못하기 때문이다. 근대의 짧은 기간 동안 일제강점기, 해방, 전쟁, 분단, 폐허, 급속한 경제성장, 자본주의의 심화 등을 거치면서 우리는 전인적인 모델을 갖지 못했다. 무슨 모델이, 전범이 있어야 닮으려고 노력할 것이 아닌가.

영화 〈소와 함께 여행하는 법〉이 후반부에 가서 긴장을 놓쳐버린 것은 이러한 원인도 있었을 것이다. 아마도 감독은 이 소설을 일종의 성장소설, 교양소설로

읽어내고, 어떤 교양적 깨달음의 완성을 영화적으로
보여주고 싶었을 터인데, 그게 뜻대로 되지 않았기 때
문에 여러 부차적 설명이 따라붙으면서 긴장을 놓쳐
버리게 된 것이다. 세속의 깨달음은 세속에 있지 그
너머 어떤 초월적인 곳에 따로 존재하는 것이 아니다.
문학은 시적인 언어로 그 가능태를 보여줄 수 있지만,
카메라가 이를 뛰어넘기는 참으로 어렵다.

　『아흔아홉』은 로드 무비적인 소설이면서도, 작가가
의도적으로 공간을 제한한 경우에 해당한다. 작가가
이 소설에서 말하고자 하는 진정한 로드 무비는 현실
의 길 위에 존재하는 것이 아니라 이 '아흔아홉'이라
는 숫자에 존재한다. '아흔아홉'은 다름 아닌 이 소설
의 주 무대인 강릉의 대관령 고개를 상징하는 단어이
다. 아흔아홉이란 표현은 실제 대관령이 아흔아홉 굽
이로 이어지는 영嶺이라는 것이 아니라, 아흔아홉 굽
이만큼이나 많은 굽이로 이루어져 있고, 또 그만큼 넘
기가 힘들고 고생스러운 고개라는 뜻이다.

　그런데 이 대관령 길은 현재 두 갈래 길로 이루어져 있다. 걸어서 넘던 옛길까지를 포함하면 길은 세 갈래라고도 할 수 있다. 지역민들은 이 길들을 구분해서 '대관령 신新도로 혹은 대관령 고속도로' '대관령 구舊도로' '대관령 옛길'로 부른다.

　이 소설에서도 이 길들은 각각의 상징을 가지고 있다. '아흔아홉'은 산허리를 돌아돌아 가던 대관령 구도로를 말하는 것으로, 소설의 뒷부분에서 '거북의 시간'으로 표상된다. 이에 반해 거대한 교각의 교량들이 이어진 신도로는 '토끼의 시간'을 상징한다. 하나는 느리게 가고, 하나는 빠르게 간다. 문제는 우리가 이 두 갈래 길 위에서 방황하고 있다는 점이다. 작가에게 있어 대관령 고갯길은 이 방황의 역사적, 사회적, 지리적 맥락과 여기를 넘나드는 현대인들의 내면을 들여다볼 수 있는 하나의 텍스트로 작동한다. 그런 의미에서 이 소설은 '길'에 대한 소설적 탐구라 할 수 있다.

　대관령 동쪽 강릉에 집을 두고 있는 주인공 ‘그’는
이 길들 중 대관령 신도로를 수시로 오르내린다. 대학
강사라는 직업 때문이기도 하고, Y와의 바람 때문이
기도 하다. 이 소설의 축을 이루는 아내와 Y사이의 오
고 감을은 두고 그는 다음과 같이 말한다.

아내는 정물화를 닮았다.

Y는 자꾸만 그림 밖으로 달아나는 습성이 있다.

나는 두 여자 사이에 있는 고개를 넘는다.

안개와 바람, 그리고 폭설과 폭우가 고개의 주인이다.

(18쪽)

　아내를 두고 있는 그가 Y를 만나는 것은 현실 속에
서는 불륜이다. 그는 이러한 상황을 두고 “평생을 한
자리에 서서 자라는 나무였으면 좋겠다는 생각”을 한
다. “아내와 Y 사이를 몽유병자처럼 오가는 그의 노래
를 그 자신도 설명할 길이 없었”기 때문이다. 그는 “그

러했기에 고통스러웠고 더불어 고독했다”고 말한다.

이 소설의 본격적인 시작은 ‘아내’의 실종에서부터 시작된다. 어느 날 갑자기 아내가 사라진 것이다. “얼굴 없는 아내의 침묵”이 시작된 것이다. 그의 로드 무비는 일 년이 넘는 아내의 침묵 기간 동안 일어난다. 그 사이에 펼쳐지는 로드 무비는 아내라는 존재에 대한 확인의 시간이기도 하고, 아내의 부재에 대한 견딤의 시간이기도 하다.

그에게 있어 대관령을 넘는다는 행위는 현실을 견디게 해주는 동력과 같은 것이었다. 그가 새로 개통된 영동고속도로의 거대한 교각들을 묘사하는 아래의 장면이 이를 입증해준다.

그것은 언뜻 보면 그리스나 로마의 고대 신전을 떠받치는 돌기둥과 비슷했다. 어두운 거실에서 술잔을 찾다가 술을 쏟고 나서야 그는 오래전에 Y와 함께 본 러시아 영화 〈노스텔지어〉의 한 장면과 바깥 풍경이 대단히 흡사하다는 걸 발견했다.

다른 점이 있다면 영화 속의 사내는 고향을 떠나와 고향을 그리워하는데 그는 고향에 돌아와 어떤 혼돈 속에 휘말려 허우적거린다는 사실이었다. 그날 그는 거실에 쓰러져 잠들었다가 잠이 깰 무렵 꿈을 꾸었다. 서울에서 강의를 끝내고 Y와 이틀간 놀다가 늦은 밤 집으로 돌아오던 중이었다. 영동고속도로 대관령 구간에서 갑자기 불어 닥친 강풍을 맞고 교량을 이탈한 자동차가 바닥도 없는 곳으로 한없이 추락하는 꿈을. 그 끝없는 추락의 어디에서도 아내와 Y의 모습은 보이지 않았다. 죽는다는 것보다 그 고독이 더 슬펐다.(42-43쪽)

그는 앞에서도 인용한 바 있듯이 '자신도 설명할 길이 없는' 고독 때문에 대관령을 넘나들고, 두 여자 사이를 오고 갔다. 그러다가 어느 날 갑자기 아내가 아무런 설명도 없이 가출을 하면서 자신의 자리를 확인해나가기 시작한 것이다.

그는 아내가 사라지고 얼마 뒤에 내려온 Y와 함께 대관령을 오르내리며 로드 무비를 찍는데 그 시간적

배경이 강릉의 단오제 기간이다. 굿, 관노 가면극, 서
커스단 등으로 유명한 강릉 단오제는 오랜 전통을 자
랑하는 민속 축제이다. 작가는 이 민속 축제를 하나하
나 세밀하게 그려내면서 아내의 부재로 인해 생겨나
는 그와 Y의 심리 변화를 드러낸다.

축제, 즉 카니발은 공개적이면서 사회적으로 일정
기간 동안 허락된 '의도적 혼돈의 자리'이다. 이 기간
동안에는 아무리 술에 만취해 휘청거려도 축제니까
그러려니 하고 쉽게 용서된다. 다시 말하면 금기시되
어 왔던 인간의 욕망이 분출되는 것이 잠시 허락되는
자리라는 뜻이다. 그만큼 내 욕망의 무늬가 적나라하
게 드러나는 시간이기도 하다. 즉, 축제는 일종의 '체'
와 같은 구실을 한다. 혼돈이 지나고 나면 체에 걸러
진 내면이 고스란히 드러난다.

로드 무비적 구성에서 축제의 역할은 자신을 혼돈
에 빠뜨리고 결국 '길'을 떠나게 만든 질문의 정체를
알게 해주는 데 있다. 질문의 정체를 알아야 깨달음

도 얻을 수 있다는 점에서 축제를 통한 일시적 자유, 혹은 의도된 혼돈은 큰 의미를 지닌다. 그들이 축제의 마지막에 나눈 대화가 이를 잘 보여준다.

그와 Y는 단오장을 떠나지 않고 바람에 실려 나비처럼 팔랑거리는 재를 따라다녔다. 멀리서 보면 꼭 중요한 무엇인가를 잃어버린 사람들처럼. 점점 짙어가는 어둠을 어깨에 짊어진 채.

"나, 그냥 버스 타고 돌아갈까?"

" ……데려다줄게."

"고마워. 내가 떠나면 쓸쓸하겠네."

"같이 쓸쓸하겠지."

"왠지…… 사라진 당신 와이프가 우리에게 주고 간 선물 같아. 정말 굿이라도 해야 하는 거 아냐?"(104-105쪽)

그나 Y에게 있어 아내의 존재는, 실재하면 부재하다가 부재하고 나면 비로소 그 존재 가치가 증명되는 그런 존재이다. 이들은 뒤늦게 이런 깨달음을 공유한다.

소설은 뒷부분에 가서 전혀 새로운 차원으로 돌입한다. 아내와 Y가 "오랜만에 만난 자매나 친한 친구"처럼 대관령 길을 함께 오르는 장면이 그것이다. 그는 '짐꾼'처럼 이 둘을 뒤따라 오를 뿐이다. 이들이 자매처럼 함께 대관령 고갯길을 오를 수 있는 것은 서로의 자리를 인정하고, 그것을 받아들였기 때문이다. 두 여자에게 "인생 최고의 소풍"으로 평가 받는 이 여행은 로드 무비의 완성에 해당한다.

로드 무비는 일반적으로 네 가지 모습으로 귀결된다. 등장인물들이 최종 목적지에서 승리를 맞이한 후 그동안의 경험을 바탕으로 더 현명해진 채 귀가하는 경우, 여행의 끝에 이르러 새로운 집을 발견하는 경우, 여행이 끝없이 계속되는 경우, 여행의 결과로 집에 갈 수 없다는 것을 깨닫고 난 후 죽음을 선택하거나 아니면 죽음을 당하게 되는 경우가 그것이다.

이 소설의 경우는 첫 번째 모습과 세 번째 모습이

섞여 있다고 할 수 있다. 주인공들은 가출, 혹은 여행을 통해서 조금씩 더 현명해진 모습으로 돌아왔다. 용서와 화해가 동반된 소풍은 그 결과이다. 그러나 그는 이 소풍길에서도 아직 가지 않은 길을 본다.

그는 두 여자를 바라보고 세 사람이 걸어온 고갯길로 시선을 돌렸다. 눈물을 모아야 했다. 아직 가지 않은 길도 눈을 부릅뜬 채 노려보았다.

위의 묘사가 암시하는 것은 그의 로드 무비가 세 번째의 모습, 즉 여행이 끝없이 계속될 거라는 깨달음을 얻는 것으로 귀결되었다는 사실을 알게 해준다. 그가 완전한 귀가 대신, 일종의 '유예'를 선택했다는 것을 알 수 있다.

주인공이 행복이 보장되는 완전한 귀가를 선택하지 않고, 고통이 동반되는 유예를 선택한 것은 '길'에 대한 깨달음 때문이다. '길'이라는 것은 결국 마음의 문제이고, 이 마음은 언제든지 흔들릴 수 있는 나약한 존재라는 것을 알아챘기 때문이다.

세 사람은 옛길과 새 길이 교차하는 작은 터널 위를 걸었다. 지진이 일어났을 때처럼 터널이 흔들리는 것 같았다. 옛길을 내려갈 땐 시속 육십 킬로를 넘기 어려운데 새 길에선 거의 그 두 배의 속도로 질주하고 있으니 주변의 모든 것들이 속절없이 떨리지 않을 도리가 없었다. 토끼의 시간과 거북의 시간이 교차되는 지점에서 일어나는 현상들이었다. 하지만 두 개의 시간은 Y의 말처럼 서로 별개로 존재하지 않고 같은 마음 안에 들어 있다는 게 문제였다. 그는 뒤편으로 밀려나는 새 길을 바라보며 고개를 끄덕였다. 지금은 우리가 거북의 가면을 쓰고 천천히 언덕을 오르고 있지만 언제 돌변해서 토끼처럼 한달음에 달려갈지 모른다고.

이미 다른 여러 작품들을 통해서 보여주었듯이, 작가의 길, 혹은 인생에 대한 통찰은 다분히 불교적인 깨달음으로 향한다. 이 작품에서 결국 '마음'의 문제에 도달하는 것 또한 다분히 불교적인 귀결이라 할 수 있다.

그의 로드 무비가 개성적이고 의미 있는 것은 바로 여기에 있다. 그는 마치 불교에서 '심우도尋牛圖'를 그려내듯, 로드 무비를 완성하려 한다. 이 바쁜 문명의 한복판에서 잃어버린 소를 찾을 수 있을까? 그가 저 멀리 아흔아홉 굽이의 대관령을 세워놓고 로드 무비를 완성하지 않은 채 계속 유예시키는 것은 이 질문을 계속 던지고자 하는 의지의 표현이다.

이제야 알겠다. 그가 왜 대놓고 시인을 믿지 않는다고 외치는가를. 쿤데라가 말한 "즉각 진실이 되는 영역"은 현실 속에서는 언제나 물거품 같은 것일 수밖에 없다. 그는 이 물거품을 바로 보지 않는 시인을 경멸하는 것이지, 즉각 진실이 되는 영역 자체를 부정하는 것은 아니다. 아니 그는 그 어떤 소설가보다도 이 영역을 존중하고 높이 평가한다.

언젠가 동해의 한 작은 횟집에서 그의 시 낭송을 감

상한 적이 있다. 그는 수줍은 소년처럼 시를 낭송했는
데, 순간 그의 소설을 지탱하는 순수하고도 영원한 샘
물 하나를 본 듯했다.